TERRA

AMALDIÇOADA

DOUGLAS LOBO

Terra Amaldiçoada

1ª edição
2015

Copyright © 2015, Douglas Lobo

Dados Internacionais de Catalogação na Fonte

L799t Lobo, Douglas
      Terra amaldiçoada / Douglas Lobo: Rio de Janeiro, 2015
      143 p. ; 21 cm

      ISBN 978-85448021-9-9

      1. Terror. 2. Piauí. 3. Drama. 4. Morte. 5. Rural. I. Título

                                                    CDD: B869.3
                                                    CDU: 821.13432(81)-3

SUMÁRIO

Gostava de correr à luz difusa do crepúsculo das noites de verão, ouvindo os murmúrios contidos e sonolentos das árvores, lendo sinais e sons como os homens liam livros e procurando a coisa misteriosa que o chamava.

Jack London, *Chamado Selvagem*

(...)a culpa foi desta vida agreste, que meu deu uma alma agreste.

Graciliano Ramos, *São Bernardo*

Por que trazia dentro de mim ambições indefiníveis, ideais incertos que se realizariam em mundos que não existiam?

Fernando Sabino, *A Marca*

Você sonha muito, Fabrício. Vai terminar aqui, como todo mundo.

Sentado à janela, na última fileira, sozinho, enquanto o ônibus descia a 40 km/h a ladeira de pista asfaltada que dava entrada à cidade, naquela manhã ensolarada de outubro, Fabrício Machado pensava no que viera fazer em Santa Fé. Por que voltara, depois de cinco anos de ausência? O que esperava encontrar ali?

Não sabia.

Sabia, sim, que, aos 33 anos, sua vida chegara a um impasse. Precisava reavaliá-la e que melhor lugar do que ali onde tudo começara, onde ele decidira desde criança que ganharia o mundo?

O ônibus chegou ao sopé da ladeira. À esquerda um *outdoor* anunciava: "Bem-vindo a Santa Fé. A melhor carne do Piauí". Após uma ponte sobre um riacho, a ladeira se transmutava na rua principal e por ela o veículo adentrou a cidade.

Olhando pela janela, enquanto o ônibus passava pela praça principal e depois pela Igreja Matriz, Fabrício percebia quão pouca coisa mudara em Santa Fé. O colégio Menino Jesus, por cuja fachada frontal o ônibus passou em seguida, ainda tinha as mesmas paredes amarelas descascadas. As andorinhas ainda revoavam pelo vão do telhado, onde faziam seus ninhos.

Os amigos de colégio... onde estavam?

Até onde sabia, a maioria ficara por ali. Haviam se tornado fazendeiros ou comerciantes. Um ou outro fizera faculdade em Teresina e arranjara trabalho por lá. Nenhum fora além disso. Exceto ele, Fabrício. Até aquele momento...

Você sonha muito, Fabrício. Vai terminar aqui, como todo mundo.

Quem dizia isso mesmo?

Mário... quando viam os filmes americanos na casa um do outro... Fabrício dizia que queria viver naquelas cidades grandes que viam na TV...

Você sonha muito, Fabrício. Vai terminar aqui, como todo mundo. Vai cuidar da fazenda do teu pai.

Não vou, não.

Vai sim. Você não repara nos filmes? Pra morar em cidade grande tem que ser bonito e saber atirar. Você é feio e não sabe atirar nem com chumbinho.

Fabrício riu.

Ainda na rua principal, o ônibus passava agora por um trecho ladeado por cerca de dez açougues. Cada um tinha no mostrador mantas de carne dependuradas em ganchos. Em cartazes de cartolina afixados às paredes, escritos à mão, preços de cortes de gado *vacum*, carne de criação e aves domésticas.

Ali era uma das paradas obrigatórias quando o pai de Fabrício vinha da fazenda para a cidade fazer compras. Sempre levava ele e Getúlio. Na volta, parava a caminhonete no quiosque do seu Belmiro, na praça principal, para comprarem revistas em quadrinhos. Os gibis estavam sempre três meses atrasados, mas que criança liga para isso? Era sempre uma festa para eles quando o pai vinha à cidade. Corriam para a porta assim que ouviam a caminhonete estacionar em frente à casa da tia Adelaide, com quem eles moraram na maior parte da vida escolar.

Enquanto o ônibus prosseguia, dobrando à direita e, duas quadras depois, à esquerda, a rodoviária visível alguns metros adiante, Fabrício remexia-se no banco.

Em que falhara? Em que falhara para ter que voltar ali? Em que falhara para ter que voltar àquela cidade, àquela terra, à fazenda da família?

Quando ele desceu do ônibus, o guardador lhe entregou uma mala de rodinhas. Olhou o relógio: 10h20. Chegara dez minutos mais cedo.

A rodoviária, vazia, não mudara muito desde que ele embarcava dali para Teresina, assim que terminavam as férias da faculdade.

O ar estava quente. Um pardal saltitava pelo chão, catando com o bico farelos de comida nos pés das mesas da cantina. Uma lufada no pátio levantou poeira, que se espraiou saguão adentro trazendo um odor de carniça. Fabrício teve ânsia de vômito. Limpou os óculos com uma flanela que trazia no bolso da calça *jeans*.

Foi ao quiosque de revistas. Atrás do balcão, uma atendente lia uma "Nova". Era bem-feita de corpo e por segundos Fabrício fantasiou-a nua, na cama de um hotel, as pernas abertas, acariciando os próprios seios e com um olhar lânguido. Afastou a imagem da cabeça, censurando-se. Examinou o mostrador. Na parte de quadrinhos só super-heróis, Disney e "A Turma da

Mônica". Nenhuma *graphic novel*. Acabou levando a edição do dia do "Diário de Teresina".

Na cantina, um atendente sonolento deu a ele uma rápida vista de olhos. No mostrador, só pastéis e coxinhas. O odor da comida gordurosa retorceu seu estômago. Acabou comprando uma Coca-Cola. Sentou-se em uma das mesas e começou a ler o jornal.

Na manchete da primeira página, lia-se: FAZENDEIRO ASSASSINADO. Abaixo, a chamada para uma matéria sobre o próximo eclipse lunar, dali a seis noites. Seria visível em todo o estado.

Ele não via um eclipse desde criança... desde aquela noite... da qual pouco se lembrava, após tantos anos... aquela noite na qual as sombras pareceram ter ganhado vida... quando o vento da mata assobiava... e os anuns pretos revoavam sobre ele e Isabela...

Sentiu um calafrio. Estava com enjoo. Fechou o jornal e bebeu um gole do refrigerante. Sentiu uma comichão no estômago.

Um pensamento o incomodava: o de que poderia ter lutado. Ter se imposto aos diretores da agência, ter mostrado seu valor como publicitário. Por que não o fizera? Modéstia? Sim, disse para si mesmo. *Modéstia.*

Enquanto bebia, sentindo uma golfada na garganta, perguntava-se de novo o que fora fazer ali. Por que não permanecera em São Paulo, encaminhando currículos, atualizando seu portfólio, acionando sua rede de contatos?

A que mundo pertenço?

Tomava o último gole do refrigerante quando uma caminhonete entrou no estacionamento.

II

Da caminhonete desceu um homem usando chapéu de feltro, *jeans* e botas de *cowboy* marrons. Abraçou Fabrício, que acabava de descer a escada de três degraus que levava da cantina ao pátio.

"Deixa olhar meu irmão caçula", disse, segurando-o pelos ombros. "Tá bem. Um pouco magro demais. Vem, vamos pra fazenda. Mãe tá doida pra te ver".

Partiram na caminhonete. Dobrando à direita, o veículo acessou a rua principal.

Fabrício limpou as mãos com um lenço umedecido que tirara da mala. Colocou o lenço usado sobre o painel. Ao lado, viu um isqueiro dourado. Pegou o objeto, perscrutando-o por alguns segundos, virando-o e revirando-o. Ao notar o interesse dele, Getúlio sorriu.

"Lembra dele? Papai dizia que o vô tinha ganho em um carteado com um ricaço da cidade."

O irmão não mudara muito, pensou Fabrício. Um pouco mais gordo; a voz mais grossa, os gestos mais bruscos — em tudo lembrando os fazendeiros que Fabrício conhecera enquanto crescia.

"Tudo pronto pro churrasco."

A menção à carne retorceu o estômago de Fabrício.

"Não havia necessidade de se preocupar, Getúlio."

"Que é isso? Você ficou fora muito tempo. Merece uma boa acolhida."

"Bem, agradeço." Como explicar que não queria um churrasco, que não sentia ânimo para confraternizações? Como explicar que logo iria embora, que aquela visita nada significava realmente?

"E você, como vai?", perguntou Getúlio. "Você disse no telefone que tava sem emprego."

"Na verdade, eu me encontro em disponibilidade. A agência perdeu muitos clientes e me dispensaram até que a situação melhore. Quando isso acontecer, serei reconvocado."

"Isso pra mim é tá sem emprego."

Fabrício achou que ele estava sendo irônico. Fitando-o, viu que falava com sincera ingenuidade. Getúlio tinha essa mania de ir direto ao ponto, sem ligar se poderia ser indelicado ou inconveniente.

"Bem, é uma maneira de considerar também", respondeu.

"E como você tá vivendo?"

"Com o que acumulei na poupança consigo viver por um ano."

"Um ano em São Paulo. Lá é tudo caro, né? Aqui não."

Fabrício abriu a boca, mas nada falou. O enjoo continuava.

A rua principal terminava nos limites da cidade, no sopé de uma chapada que se estendia para a área rural. A caminhonete seguiu por uma estrada de terra cascalhada. Getúlio transitava entre a quarta e a segunda marcha, tentando manter a velocidade em meio aos declives e às rochas. Nas curvas, alguns galhos da mata atingiam o para-brisa, derrubando sobre o capô folhas de um verde fosco.

Logo passavam sobre uma ponte. Fabrício lembrou que o Rio Agreste, sobre o qual passavam naquele instante, demarcava o início do Vale do Suplício, onde a fazenda se localizava. O leito estava seco. Fabrício se lembrou de que a época de chuvas por ali terminava em julho.

"A seca tá braba", disse Getúlio. "Morreu muito gado. Tive que apurar umas 50 cabeças antes do tempo. Por preço baixo."

À medida que a caminhonete prosseguia, o capô resplandecendo com a luz do sol, Fabrício revia a paisagem que conhecera tão bem na infância. Contemplava tocos de árvores chamuscados por queimadas, a terra enegrecida pelas cinzas. Gado bovino e caprino emagrecido, os ossos ressaltando-se sob a pele, comiam folhas dos arbustos esparsos.

"E mamãe, como anda?"

"Bem. Trabalha todo dia na fazenda. Ainda não desistiu de acabar com aquele formigueiro perto do açude. Eu disse que ela devia descansar, que tá muita velha pra isso. Mas ela prefere trabalhar. Ao menos assim não fica saudosa de papai."

Fabrício tentava não pensar no momento em que a mãe pediria que não voltasse mais para São Paulo. Ele não queria viver ali, não *podia* viver ali.

Abriu o jornal na terceira página. A matéria principal detalhava a morte de Paulo Fortes, proprietário da fazenda Santa Bárbara. Encontrado morto às margens do açude. Garganta dilacerada. As mãos amputadas. O enterro seria em Teresina, onde os filhos moravam.

"Paulo Fortes", Fabrício repetiu.

"Sim, lembra dele? Tão dizendo que foram os sem-terra."

"Sem-terra?"

"Tem um assentamento lá no Baixio da Onça. Invadiram as terras do Amaro. Foi só chegarem e começou: morte, roubo de gado, droga. Saiu até matéria na TV. Tudo vagabundo."

Fabrício sabia que era perda de tempo tentar demover o irmão de seus preconceitos. Então voltou a falar da notícia no jornal.

"Paulo Fortes... Ele era amigo de papai, não?"

"Sim. Se bem que eles se intrigaram depois que... Depois do que aconteceu com o pai."

Os dois ficaram em silêncio por alguns segundos. Então, Fabrício retomou:

"Sabe... Eu nunca compreendi por que os amigos de papai se distanciaram depois daquilo. Se a história é como contaram, ent—"

"Nós vamos falar sobre isso? Agora? Você acabou de chegar."

Fabrício aprendera há tempos a não discutir com o irmão.

"Não. Esqueça. E voltou a ler o jornal.

Prosseguiram em silêncio.

III

Fabrício nunca vira por ali aquele homem de pé ao lado da cancela. Tinha estatura mediana, pele morena e cabelo liso até os ombros. Usava tênis, *jeans*, um colar de contas adornado com penas brancas e uma camiseta de manga curta que lhe realçava os músculos avantajados dos braços, do dorso e dos ombros. Uma cicatriz o marcava do canto do olho esquerdo até o queixo.

Getúlio parou a caminhonete e desceu para abrir a cancela. Assim que suas mãos tocaram na corda que a amarrava ao mourão da cerca, o homem o abordou. Discutiram por alguns segundos. Então Getúlio sacudiu negativamente a cabeça, removeu a corda e abriu a cancela. Já voltava para a caminhonete quando o homem o abordou de novo, desta vez o segurando pelo antebraço. Getúlio se desvencilhou e o encarou, falando alto a ponto de Fabrício ouvir:

"Diz a ela que não vendo."

Ele entrou na caminhonete e bateu a porta. Deu partida e acelerou. O homem perto da cancela teve que dar um passo atrás para não ser atropelado.

Getúlio não parou para fechar a cancela.

Pelo retrovisor lateral, Fabrício viu o homem cruzar a cancela e fechá--la, sempre olhando para a caminhonete.

"Quem é?", perguntou.

"Um salafrário. Capataz dessa fazenda. Índio. Índio mesmo, nascido em aldeia. Dizem que já foi polícia em São Paulo. Viu a cicatriz? Ganhou em luta de faca. Arruaceiro."

A caminhonete passava por um pórtico à margem da estrada, à direita de Fabrício. Na fachada de madeira se lia, em alto-relevo: Fazenda Riacho Azul. O pórtico dava acesso a um atalho, ladeado nos dois lados por uma cerca de ripas e que conduzia até a casa-grande. Adiante na estrada, demarcada por uma cerca de arame liso, uma pastagem viçosa, ocupada por centenas de bois, vacas e bezerros de uma raça que Fabrício nunca vira. Em seguida, um celeiro — o primeiro que via por ali. Depois, três currais de cerca de ripas cheios de reses. Após, a cerca que margeava a estrada descrevia uma curva de 90 graus para dentro das terras em direção às montanhas, a pastagem então dando lugar ao solo árido.

Fabrício já tinha visto fazendas assim em matérias na TV: grandes propriedades voltadas para o agronegócio. Mas jamais vira uma ali.

"De quem é essa propriedade?", perguntou.

Getúlio trincou os dentes e contraiu os lábios. Ao passar a marcha, fê-lo com tanta força que as engrenagens da caixa rangeram. Então falou, em voz contida:

"Isabela."

"Isabela?!"

"Sim."

"Mas como?"

"Ela tá comprando todas as fazendas da região. Só ficaram a nossa e mais três."

"Mas como ela obteve dinheiro?"

Getúlio sacudiu a cabeça.

"Na fazenda te conto tudo".

Fabrício nada falou. Ainda sentia o enjoo que começara na rodoviária.

Na margem da estrada, viu um tiú que se estirava sobre uma pedra. Que gosto nojento tinha a banha daquele lagarto, lembrou-se. *Bom pra garganta*, diziam os locais. A mãe acreditava e, sempre que ele e Getúlio ficavam gripados, forçava dentro da boca deles, até a garganta, a gosma sebosa, parecida com catarro escorrido. Gosto de gordura crua. De um réptil de pele seca que se arrastava no solo sujo e comia ovos crus de pássaros e galinhas. Onde a mãe estava com a cabeça quando lhes dava aquilo?

₧₨

Quando a caminhonete sumiu em meio à poeira, Piatã cerrou a cancela, andou um pouco e atalhou rumo à casa-grande. Lá, entrou no corredor, andou até a sala e, abrindo uma portinhola, acessou uma área de serviços com piso ladrilhado. Uma mulher negra dependurava roupas molhadas em um dos três varais que se estendiam de uma parede a outra. Outra mulher, cabocla, batia roupas em um tanque cheio de água ensaboada, delimitado por um parapeito. O lugar fedia a produtos sanitários.

Piatã entrou por um corredor ao lado do tanque. Saiu em uma horta, separada da pastagem à esquerda por uma cerca de arame liso e onde se estendiam, por alguns metros, alfaces, tomateiros e pimentas malaguetas irrigados por aspersores.

Andou para a direita, onde, logo depois da plantação, de costas para ele, uma mulher de vestido branco, os cabelos pretos indo até as omoplatas, segurava as rédeas de um cavalo quarto de milha. O animal movia a cabeça para cima e para os lados, de supetão, as narinas dilatadas. A mulher, no entanto, retinha-o firmemente.

"Ele diz que não vende", falou Piatã.

"Teimoso e burro", disse ela, sem se virar. "Sempre foi. Como os demais."

"Tinha alguém com ele... Alguém que não é daqui. Um rapaz."

"Como ele é?"

"Alto, magro. O rosto parece o de Getúlio, mas mais fino. Barbeado."

Ela afrouxou as rédeas por um instante. O cavalo, ganhando espaço, recuou. Ela puxou as correias de novo e o animal parou de imediato, os beiços feridos pelo freio. Então ela sussurrou:

"Fabrício."

"E agora, o que fazer?"

Ela se aproximou do cavalo. Tirou as sandálias, usando os próprios pés. Colocou o pé esquerdo no estribo e, em um único movimento, a perna direita passando sobre a sela, montou. Encarou Piatã. Os olhos dela, negros, sobressaíam-se em um rosto magro e pálido. Ela mantinha a postura ereta, contendo pelas rédeas o cavalo que ameaçava desembestar.

"Não se preocupe com Getúlio", ela disse. "Não há cavalo bravo que não possa ser amansado."

"Como esse aí? Não está domado. Não ainda. Por que não me deixa terminar com ele?"

"Eu gosto dele assim. Só soltar a rédea e ele corre."

"Como queira. E o outro rapaz? Quem é ele?"

Ela o fitou. Por alguns segundos a musculatura de sua face relaxou, seus ombros caíram, as mãos afrouxaram o aperto. Então voltou a ficar ereta, os maxilares cerrados, as mãos firmes. Puxando as rédeas para o lado, fez o cavalo descrever um semicírculo. Relaxou a pegada, e o animal partiu em carreira pela planície.

₧›₣

À sua direita, em uma clareira, Fabrício vislumbrou pontos cinzas. Aguçou a vista. Descortinou tendas de lona cinzenta. Pessoas circulavam entre as barracas, mas ele não conseguia divisar como se pareciam ou se vestiam. Um varal com roupas se estendia à frente do acampamento. Uma mulher carregava um balde sobre a cabeça, amparado sobre uma rodilha, a água transbordando a cada passada. Fincados no solo, mastros com bandeiras vermelhas.

"É o assentamento", disse Getúlio. "Começa bem ali. Termina na cerca que marca as terras do Honório."

Getúlio atalhou à esquerda.

Em alguns minutos chegavam a uma clareira. Após, duas edificações com tetos de alumínio cercadas por um alambrado.

"Tenho um assunto com o Zé das Carnes. É rápido. Lembra dele?"

Fabrício se lembrava: José Ribeiro. O homem mais rico da região. Proprietário do único matadouro local.

Getúlio estacionou a caminhonete no pátio da edificação em que funcionava o escritório. No edifício anexo, detrás e maior, funcionava o matadouro propriamente.

Desceram.

Fabrício sentiu um leve odor de carne crua. Lembrou-se de quando tentara carnear pela primeira vez um carneiro. Cortara o dedo, chorara e, por conta dos protestos da mãe, o pai o proibira de manusear facas até a adolescência. Getúlio, ao contrário, aprendera a carnear tão bem uma criação que, tão logo completou 15 anos, o pai o preferia a qualquer outro peão para o serviço. Uma vez, em pagamento por uma carneação, chegara a dar a Getúlio um sabre de mão da época do Império, comprado em um antiquário.

Fabrício perdera a conta das vezes em que vira Getúlio dependurar de ponta-cabeça um carneiro abatido, cortando então a jugular do animal com a peixeira; mesmo morto, o animal se agitava, por reflexo, as patas dianteiras se sacudindo enquanto o sangue escorria para dentro de um tacho, que uma criada recolhia para usar o líquido como caldo; depois, com um corte preciso dos testículos até a queixada, o irmão repartia o couro em duas bandas; então, descolava-o do corpo usando os punhos e a ponta da peixeira, até deixar a criação em carne exposta da pata dianteira até o lombo; abria o carneiro pelo estômago, recolhendo as tripas e os miúdos em outro tacho, de modo a serem preparados como linguiça e sarapatel; esfolava o animal, estaqueando o couro sobre a cerca do pátio; finalmente, espedaçava a criação, separando os nacos de carne sobre uma mesa próxima e jogando as partes imprestáveis — língua, crânio, patas — para os cachorros.

Para Fabrício, sempre parecera que os olhos dos carneiros, no crânio sem pele, fitavam-no. E que os maxilares, cobertos por nada além de filamentos de carne, dirigiam a ele um sorriso macabro. Ao término da carneação, o solo logo abaixo do animal umedecido, polvilhado por gotas de sangue, ele enjoava; porém escondia isso de Getúlio.

Agora, enquanto caminhavam pelo pátio, ele escondia novamente do irmão o enjoo que lhe viera por conta da lembrança dos carneiros mortos e dependurados.

Seguiram pelo pátio até a edificação, por onde prosseguiram por um corredor até uma porta aberta, à direita. Na antessala, em uma mesa, uma garota escrevia em uma agenda. Ergueu a cabeça assim que os dois entraram. Sorriu.

"Getúlio."

"Tudo bem, Solange? Lembra do Fabrício?"

"Sim. Faz um tempo."

Fabrício tentou disfarçar o espanto. Da última vez em que vira a neta mais velha de Zé das Carnes, era uma garota magricela de 13 anos. Agora estava encorpada, os seios volumosos, logo abaixo do colar prateado, apertados no decote do vestido de alças estampado.

"Tenho hora com o Zé", disse Getúlio.

"Ele tá esperando", disse Solange. "Pode entrar."

Getúlio bateu duas vezes na porta e entrou na sala, seguido por Fabrício.

᛫ᛉᛃᛉ᛫

Zé das Carnes, grisalho, covas acentuadas ao redor dos olhos, bigode volumoso e barba rala, era o único homem que Getúlio já vira fumar um charuto. Achava que Zé considerava aquilo um sinal de distinção, assim como as molduras dependuradas nas paredes da sala, com fotos dele ao lado do prefeito, do governador e de dois senadores. Mais de uma vez Getúlio ouvira o pai reclamar que Zé das Carnes se achava melhor do que os demais fazendeiros. Até sua colônia parecia querer passar *status*: Getúlio sentia a fragrância do produto caro enquanto se apertavam as mãos.

"Olha quem está aqui", disse o empresário ao cumprimentar Fabrício. "Você está igualzinho a teu pai. Vai virar fazendeiro também?"

Fabrício deu um meio sorriso. Ele e Getúlio se sentaram em cadeiras em frente à mesa. Uma fumaça tênue emanava do charuto inserido na aba de um cinzeiro sobre a mesa.

"Souberam do Paulo?", perguntou Zé.

"Sim", disse Getúlio. "Uma desgraça. Tinha falado com ele anteontem."

Zé das Carnes contemplava a parede atrás de Getúlio, mas não parecia reparar nas molduras. Ele se recostou, apoiando os cotovelos sobre os descansa-braços da cadeira.

"Sabem como consegui meu primeiro quinhão de terra, rapazes?"

É claro que sabiam. Zé contava essa história para todos em Santa Fé há anos. Fabrício e Getúlio já haviam escutado umas cem vezes. Isso não impediu Zé das Carnes de continuar com o vigor de quem a contasse pela primeira vez.

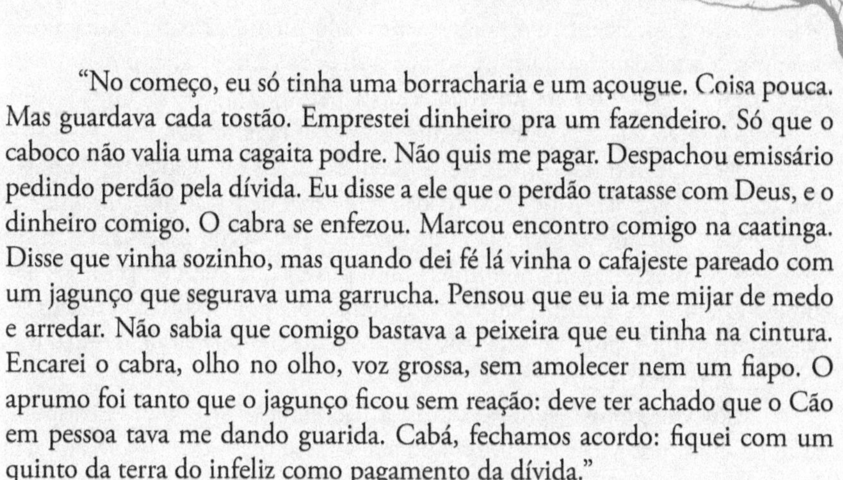

IV

"No começo, eu só tinha uma borracharia e um açougue. Coisa pouca. Mas guardava cada tostão. Emprestei dinheiro pra um fazendeiro. Só que o caboco não valia uma cagaita podre. Não quis me pagar. Despachou emissário pedindo perdão pela dívida. Eu disse a ele que o perdão tratasse com Deus, e o dinheiro comigo. O cabra se enfezou. Marcou encontro comigo na caatinga. Disse que vinha sozinho, mas quando dei fé lá vinha o cafajeste pareado com um jagunço que segurava uma garrucha. Pensou que eu ia me mijar de medo e arredar. Não sabia que comigo bastava a peixeira que eu tinha na cintura. Encarei o cabra, olho no olho, voz grossa, sem amolecer nem um fiapo. O aprumo foi tanto que o jagunço ficou sem reação: deve ter achado que o Cão em pessoa tava me dando guarida. Cabá, fechamos acordo: fiquei com um quinto da terra do infeliz como pagamento da dívida."

Ele riu, o olhar ainda na parede. Getúlio percebeu que o velho não estava mais ali; fora para o tempo em que a única lei do sertão era a lei do mais forte. Época que Getúlio só conhecia pelas histórias que ouvira dos mais velhos.

"Foi aí que começou. Logo a gente era um grupo. Eu, o avô de vocês — depois o pai —, Paulo Fortes, Gregório Bezerra, Honório Furtado... cavalgando pelas terras, inspecionando cercas, abrindo picadas, apartando o gado, caçando onças... Como o Honório adorava atirar em onças...

"Lembrando agora... parece que foi ontem... Mas foi há tanto tempo... Uns 60 anos... A gente era jovem... 24, 25 anos... Quando eu ganhei meu primeiro lote, os outros já tavam aqui; o avô de vocês tinha comprado a terra alguns anos antes; Paulo e Gregório tinham herdado dos pais que morreram cedo; Honório ganhou a dele como dote de casamento.

"Onça tinha era às tuias quando a gente chegou aqui. As desgraçadas ficavam na Chapada das Almas. Lá era bom de elas se esconderem: muita pedra, que não deixava rasto, e o mato fechado. De noite elas desciam pra caçar e beber água. Mais dia, menos dia, alguma matava uma criação e aí, tendo encontrado presa fácil, domesticada, não parava mais. Partíamos pra caçar elas a cavalo, cada um com uma espingarda... de noite... seguíamos os rastos, os cachorros no faro do bicho... demorava uma, duas, três noites; mas a gente pelejava até encontrar e matar as danadas.

"Só que elas não morriam fácil. Quando ficavam tocaiadas, cansadas, no chão ou sobre o tronco de um pé de pau, elas lutavam. E naquele tempo a gente só tinha espingarda de um tiro. Corajoso do caboco que matava onça naquele tempo. Um dia uma pintada, quase do tamanho de um garrote, mesmo ferida de morte, pulou sobre o Honório. Deixou uma marca que dá pra ver até hoje. A esposa quis levar ele pra Santa Fé, pra ter assistência. Mas ele não quis; estancou o sangramento com prensa de pano, passou óleo de angico na ferida e foi dormir; no outro dia acordou, arrancou o couro da onça, secou e espichou ele no chão da sala. Ainda hoje tá lá; ainda hoje o Honório tem aquela espingarda de um tiro pendurada na parede.

"Pior que as onças, só os outros fazendeiros. Os que não eram do nosso grupo. De má índole. Mudavam os paus de cerca de lugar pra aumentar as terras deles. Traziam vaca amojada da caatinga pro curral e ficavam com os bezerros; e ainda ferravam, não tinha como provar que eram da gente. E não tinha a quem recorrer. Em Santa Fé, só tinha dois polícias mais o delegado. Ou se chegava a acordo ou se resolvia na bala. Muita intriga de família, que dura até hoje, nasceu daí.

"Uns vinte anos depois as onças já não eram mais tantas. As disputas de terras eram resolvidas a maioria no tribunal, não na bala. E o crédito fácil deixava a gente comprar trator, fertilizante, semente. O pior parecia ter passado.

"Só que aí vieram os índios.

"Os Pimenteiras. Quando criança, ouvi meu pai contando histórias de como eles atacavam as fazendas e matavam sem pena o gado e as pessoas. A gente achava que eles não existiam mais. Só que ainda tinha alguns. Em um ajuntamento no norte, longe daqui. O governo militar ia construir uma rodovia lá e removeu eles pra cá. Tentamos barrar, ligamos pra alguns deputados. Afinal, quem quer índio perto? Pra ficar bêbado, roubar galinhas? Só que a rodovia ia dar muito dinheiro pra uma empreiteira. Os índios vieram e... bem, vocês sabem a história."

Getúlio e Fabrício sabiam. O conflito dos fazendeiros com os índios em 1983. Não estava nos livros de história, mas todos em Santa Fé sabiam do fato. Getúlio tinha cinco anos na época e se lembrava vagamente dos fazendeiros e seus jagunços se reunindo no terreiro da fazenda, armados.

"E agora tem os sem-terra. Sabe, Getúlio, é besteira dizer que a terra é do trabalhador também. Se todo peão fosse proprietário, quem ia trabalhar pra ele?"

Zé das Carnes pegou o charuto e sorveu o fumo. Baforou, a fumaça se espraiando pela sala. Colocou-o de volta no cinzeiro. "Bem, em que posso ajudar"?

Getúlio se aprumou na cadeira. Voltava ao presente. A saga dos velhos fazendeiros sempre o levava de volta à infância, quando passava horas em meio à roda de adultos, escutando as histórias.

Enquanto ouvia Zé das Carnes, Fabrício tentava esconder o tédio que aquelas histórias causavam nele. Os velhos fazendeiros tinham méritos, reconhecia. Mas de que servia matar animais, ou impor um limite de terra com armas de fogo, ou lutar contra índios? Com esforço, Fabrício tentou se manter atento quando Getúlio retomou a conversa.

"Dei retorno pra ela, Zé."

"O que você disse?"

"Disse que não vendo a fazenda. Ela me dê quanto quiser que não vendo."

"E o que ela disse?"

"Disse que ou vendo ou quebro. O índio sujo disse isso de novo hoje. E você, o que disse?"

"Ainda não respondi."

Getúlio arregalou os olhos.

"Por quê?"

Zé das Carnes olhou para a superfície da mesa. Em seguida para Getúlio e, então, para Fabrício. Ensaiou falar, mas se calou.

Fabrício sabia o que aquele silêncio significava. Getúlio e Zé das Carnes tinham um acordo que acabava de terminar. E que interessava isso pra ele? Que interessava pra ele os negócios de Zé das Carnes? Que interessava pra ele as velhas histórias que já considerava entediantes quando criança?

"Zé, você tá pensando em vender?"

"E por que não?"

"Você tem esse matadouro há 40 anos!"

"E daí? Soube por um deputado amigo meu — o Rebouças, conhece? — então, soube que um frigorífico grande tá vindo pra cá. Fechado com essa empresa com a qual a Isabela tá negociando. Vai se instalar bem ao lado da fazenda dela. Economia de transporte. É assim que essas empresas fazem as coisas."

O que dera em Zé das Carnes, pensava Getúlio? Cadê a coragem que ele mostrava nas histórias que contava? Tinha enfrentado onça, jagunço, índio e agora tava com medo de uma mulher? Uma mulher filha de peão?

Fabrício já sabia o rumo que a conversa tomaria. A fazenda da família havia parado no tempo; o modo como se criava gado ali já fora superado em outros estados por uma pecuária mais avançada. Porém, Getúlio reconheceria isso?

"Ela tem feito negócio contigo, Zé."

"Porque precisa de mim, Getúlio. Não tem outro matadouro perto. Mas pro ano, mais tardar ano que vem, não vou conseguir manter o negócio. Essas empresas de proteína chegam com muito dinheiro. Quem fornece pra elas tem crédito em banco; quem não fecha com elas tá fora do negócio".

"Ela tá te assustando, Zé."

"Você já viu aquela pastagem? E os bois... sabe, nunca imaginei que uma raça daquelas pudesse ser criada aqui. Mas nesse tipo de pecuária o gado é melhorado com cruzamento. A forragem recebe suplementação. O animal é confinado pra engorda. No fim, a rês vai pro abate cedo, a carne com bom sabor. E quase nada se desperdiça da carcaça."

"Acha que esse investimento todo é pra vender em Santa Fé? Esse tipo de empresa vende pro exterior, Zé."

"Os cortes de primeira. E os de segunda? Nada se perde nesse tipo de pecuária, Getúlio".

"Você tem clientes que sempre compraram de ti. Os açougues—"

"Já fecharam acordo. Quando o frigorífico chegar, só vão comprar dele."

"Você pode competir."

"Com um frigorífico de grande porte? Mesmo que conseguisse dinheiro no banco e abatesse na capacidade total, não daria."

Getúlio ficava possesso quando alguém falava assim com ele. Ele era por acaso um retardado para quem se precisasse explicar o óbvio? Zé das Carnes achava que ele, 37 anos, cuidando da fazenda desde que o pai tinha morrido, não conhecia o agronegócio? Ou ele posava de inteligente para Fabrício? A contragosto se lembrou do dia, no colégio, em que o professor o recriminara na frente da turma porque ele errara a maior parte das palavras em um ditado. "Mais um exercício, assim, Getúlio, e terei que mandar você de volta para a alfabetização". Ele ainda podia ouvir as risadas dos colegas.

Fabrício abaixou um pouco o queixo, o olhar fixo em Getúlio. Impressão de Getúlio ou Fabrício tentava esconder um sorriso de zombaria? Olhou para Zé das Carnes.

"A gente tinha um acordo, Zé."

Zé das Carnes se curvou, os cotovelos sobre a mesa, dedos enclavinhados.

Como explicar pra Getúlio? Como explicar que as velhas histórias estavam no passado e de lá não sairiam? Como explicar que tudo tinha mudado? Ali, palavra dada já não fechava negócio, era preciso contrato; tiros? Nem mesmo em animal; os produtos que haviam dado dinheiro a eles por tantos anos: leite, carne, mel, ovos – a população os comprava agora nos supermercados a preço bom e em quantidade muito maior do que eles, velhos fazendeiros, podiam produzir.

Getúlio é mais arcaico do que Zé das Carnes, pensou Fabrício. O fazendeiro velho reconhecia o quão difícil era competir com o agronegócio, enquanto o novo, não. Pudera: Getúlio sempre fora teimoso, nunca recuava.

Zé das Carnes continuou.

"Estou velho, Getúlio. Se ficar, perco o matadouro e saio sem nada. Deus sabe o quanto me dói deixar esta terra. Mas, no fim, tudo que é velho dá lugar ao novo... Mesmo aqui, nesse interior onde o tempo anda mais devagar."

"E o que vai fazer? Morar na cidade? Jogar dominó com as crianças? Brincar com cachorros?"

Zé das Carnes fitou-o, cenho franzido. Getúlio soube naquele momento que o atingira. Sim, ele acabava de lembrar Zé das Carnes de que sem o açougue ele seria apenas um idoso, os dias de vigor para sempre no passado. Como imaginar um homem assim sentado em um banco de praça dando de comer aos pombos? Não conseguia; não é assim que o via; não é assim que o *queria* ver.

Fabrício via em Getúlio não só a teimosia, mas o próprio gestual e modo de falar do pai. A imagem o incomodava e ele se remexeu na cadeira. Como Getúlio havia mudado tanto desde a última vez em que o vira? Quatro anos à frente da fazenda e tinha se tornado um homem da terra, alguém cuja visão de mundo não ia além dos limites físicos que o rodeavam. Como o pai. Como o avô.

Fabrício tentou se concentrar na conversa, que Getúlio retomava.

"Eu te peço, Zé, não vende. Os outros também não vão vender. Já fechei com eles."

"Quanto tempo acha que a gente vai conseguir manter o que temos aqui, Getúlio? Se não for a pecuária de ponta, vai ser a desapropriação pra reforma agrária, ou pros índios."

"Não tem mais índio no Piauí, Zé."

"Tem sim."

"Onde?"

"Nas cidades."

"Então, não são índios."

"Pro governo são."

Fabrício pensou em dizer aos dois que "índio" hoje não significava mais alguém em uma aldeia, nu, entintado e dançando ao redor de uma fogueira. Mas resolveu ficar calado. Esse assunto não lhe interessava, esse mundo não era o seu; afinal, não iria embora dali a alguns dias? Por que participar daquela discussão? Ainda mais porque era inútil; nem um nem outro recuaria.

Getúlio não sabia mais o que falar pra Zé das Carnes. Se ao menos ele soubesse falar bonito como Fabrício... Zé ia cometer um erro; na cidade, definharia tão rápido quanto a carreira de uma seriema. Só não sabia como dizer isso a ele.

Zé das Carnes desenclavinhou os dedos. Espalmou lentamente as mãos sobre a borda da mesa.

"Getúlio, em outros estados, fazendeiro que continuou trabalhando do jeito antigo teve que arribar. Agora é a vez do Piauí. E até que demorou."

"A gente não vive aqui só pela terra, Zé. A gente vive por um estilo de vida."

"Hoje, tudo é diferente. Antes, o governo queria juntar os índios na população branca; hoje, quer separar eles. Antes, o governo queria melhorar a vida do peão; hoje, quer fazer ele virar fazendeiro."

Fabrício se enfadava cada vez mais. Entendia por que Getúlio não queria vender, mas também entendia por que Zé das Carnes *queria*. No fundo, o problema estava além: um esperava que o outro esquecesse o interesse pessoal em nome de uma tradição maior que ambos. Fabrício entendia isso; afinal, não colocara sua carreira como algo maior do que ele, tendo sacrificado por ela sua primeira juventude, sua qualidade de vida, em uma metrópole tão fascinante quanto assustadora?

Zé das Carnes se recostou na cadeira. Pegou o charuto.

"Você é novo, Getúlio. Trabalhador. Pode vender a fazenda e montar negócio na cidade."

"Abandonar o que o avô e o pai construíram?", Getúlio jogou a mão aberta para frente, como se empurrasse algo que lhe desse nojo.

Fabrício sabia que a discussão terminaria assim. O avô e o pai. O legado familiar, a tradição — o limite que o irmão nunca cruzaria. Fabrício sacudiu quase imperceptivelmente a cabeça. Quantas pessoas ainda viviam assim, colocando algo abstrato como a tradição acima de seus interesses? Onde ficava a vontade do indivíduo, que deveria ser o mais importante?

Zé das Carnes sacudiu a cabeça. Sorveu o fumo. Enquanto ele baforava, Getúlio apertava com força os descansa-braços da cadeira, o rosto vermelho. Percebia que o homem das velhas histórias não existia mais. Tinha sido substituído por um idoso, que só queria saber de dinheiro para os anos de velhice. No semblante de Zé das Carnes, Getúlio via a mesma compaixão com que o pai o olhara quando ele havia pedido para cursar o preparatório para o vestibular, em Teresina; como se Getúlio estivesse destinado ao fracasso; olhar oposto ao que dava a Fabrício, o aluno exemplar, o primeiro da família a ter diploma... sim, e por causa do diploma o primeiro a ir embora...

"Bem", disse Zé das Carnes, sorrindo, "sei que você vai tomar a melhor decisão." Fabrício percebeu que o empresário tentava aliviar a tensão. "Recebi hoje um guzerá dos grandes. Ainda não abati. Gostaria de ver?"

Getúlio deu um meio sorriso.

"Claro. Fabrício?"

Fabrício pensou em aceitar, mas teve receio de que o assunto de há pouco voltasse. Não teria paciência para uma nova rodada.

"Obrigado", disse, "mas estou com enjoo. Prefiro esperar aqui."

⚃)⚃

"Tá de férias?"

Solange tamborilava com os dedos da mão direita sobre a superfície da mesa. Com a mão esquerda, mexia no colar prateado.

"Sim", respondeu Fabrício, no sofá. Esperava Getúlio e Zé das Carnes voltarem.

"Já sabe onde vai ver o eclipse?"

"Não."

"Eu vou ver na praça. Vai ter um bocado de gente lá." Ela mordiscou os lábios e moveu a língua entre eles. "Você se casou?"

"Não."

"Por quê?"

Fabrício decidiu inverter os papéis no que já parecia um interrogatório.

"Você já terminou o colégio?"

Ela se curvou sobre a mesa, as curvas e reentrâncias dos seios à mostra no decote. Sorriu.

"Sim. Terminei ano passado."

Fabrício, seu tolo, ela quer transar com você. Olhe como ela olha para você. Se pudesse, ela transava com você agora mesmo, sobre a mesa.

(Não, não, não. Não é nada disso).

Seu tapado, se ela pudesse te colocava em cima da mesa, tirava o vestido — ela está sem sutiã, notou? —, a calcinha e...

"Você tem namorada?"

"Não."

Ele começou a sentir um início de ereção sob a calça *jeans*. Mexeu-se no sofá. Via por baixo da mesa as pernas dela, cobertas pela aba do vestido até um pouco acima dos joelhos. Ela exalava um cheiro de colônia barata que o excitava ainda mais.

Decidiu reassumir a iniciativa.

29

"Você pretende cursar faculdade?"

"Sim."

A ereção aumentou. Fabrício curvou um pouco o dorso para frente e fez o que sempre fazia em situações assim: pensou em Sylvester Stallone como Rambo. Isso sempre terminava o movimento inoportuno.

"Deve ser legal viver em São Paulo", ela disse.

"Certamente."

"As mulheres lá são bonitas?"

"São."

A ereção diminuía. Stallone nunca falhava com ele.

"Por que você não olha pra mim quando eu falo?"

Ele riu.

"Bem... não sei... assim, está bom?"

"Sim. Você fica mais bonito quando sorri, sabia? Você gosta de atirar?"

"Como?"

"Atirar de espingarda. Gosta?"

"Acho que não."

"Eu gosto. Papai não sabe, mas o vô sempre deixa eu usar a espingarda dele aqui."

"Parece interessante."

"Quanto tempo você vai ficar?"

"Umas duas semanas."

"Não tem muito pra fazer por aqui..."

"Vou ler alguns livros e caminhar pela fazenda."

"Ler é pra velho." Ela se acotovelou sobre a mesa, apoiando o queixo sobre as mãos espalmadas. "Getúlio me convidou pro churrasco lá na Barro Seco."

"Ótimo!"

A ereção voltava. Onde estava Getúlio, que não retornava?

Naquele instante, o irmão e Zé das Carnes chegaram à porta. Solange se retesou na cadeira e começou a escrever em uma agenda. Fabrício se ergueu. Zé acompanhou os dois até o corredor e dali até a saída. Antes de ir, Fabrício deu uma última olhada para a antessala. Solange acenou para ele, sorrindo.

"Ela é gostosa, não?", perguntou Getúlio quando retomaram a viagem.

"Quem?"

"A neta do Zé das Carnes."

"Sim, ela é bonita. E parece inteligente também..."

Getúlio gargalhou.

"Bonita e inteligente é a mãe, ora. Essa Solange é uma cavalona. Aquelas coxas..."

Getúlio percebeu que Fabrício tinha gostado da garota. Se ele ainda era o mesmo de quando saíra dali, demoraria seis meses para chegar aos finalmentes com Solange. Já ele, Getúlio, só tinha precisado de 10 minutos, há duas semanas, depois de dar uma carona a ela.

VI

Assim que a caminhonete passou pelo pórtico da fazenda Barro Seco, adentrando o pátio, Fabrício viu a mãe saindo para o terreiro, limpando as mãos em um avental. Um cachorro branco vira-lata vinha ao lado dela, latindo para o veículo.

Getúlio manobrou para a direita e estacionou à sombra de uma figueira, no centro do pátio.

A estrada que saía de Santa Fé rumo à área rural terminava ali. Atrás da fazenda, alguns quilômetros adiante, via-se a Chapada das Almas, que se estendia em comprimento por dezenas de quilômetros; o sopé, coberto por vegetação, transformava-se à meia altura em um rochedo escarpado: no cume, visível a centenas de quilômetros de qualquer ponto da região, vegetação rala cobria o solo rochoso.

Lúcia abraçou Fabrício assim que ele desceu da caminhonete. Lacrimejava. "Meu menino, há quanto tempo! Não queria mais saber da gente?"

"Mãe, ele acabou de chegar", Getúlio pegava a mala na carroceria.

"Desculpe, Fabrício. Venha, eu mostro seu quarto e depois vamos almoçar."

O cachorro pulou em Fabrício, as patas dianteiras erguidas, tentando lamber seu rosto. Ele alisou a cabeça do animal.

"Com quantos anos Mandíbula está?"

"Seis", respondeu Lúcia.

Com Getúlio à frente dele carregando a mala — atrás de Lúcia — e Mandíbula atrás, lambendo suas panturrilhas, Fabrício seguiu a mãe até o interior da casa-grande.

Após o alpendre, uma porta dava acesso a um corredor. Uma portinhola à direita de quem entrava levava a um quintalejo, onde se localizava um armazém. Fabrício se recordou de que entrava ali quando criança para comer rapaduras, armazenadas aos montes em contentores de madeira. Lembrava-se também de que fora ali que Getúlio guardara o sabre de mão, depois que virara adulto e se interessara por outras coisas.

O corredor terminava na sala, cujo início era delimitado por um pórtico de madeira. Lá ficavam a mesa de refeições e um armarinho de utensílios, sobre o qual se via um jogo de talheres de prata. Nas paredes, uma cruz de Caravaca, uma moldura com o retrato de Cristo e, sobre uma estante afixada, uma estátua de Nossa Senhora do Sagrado Coração.

O retrato do Cristo era igual ao que padre Álvaro tinha na parede de sua sala de aula. Fabrício ainda podia ver o antigo professor, alto, imponente, o vocabulário precioso, a dicção firme, recitando os versículos:

"Honra teu pai de todo coração,

E não esqueça as dores de tua mãe".

Os quartos ficavam em outra ala. A mãe conduziu Fabrício e Getúlio a um deles.

"Ponha a mala dele aqui. Você deve tá com fome, Fabrício." Ela apalpou a barriga dele. "Como você está magro. Não estão dando de comer pro meu menino lá em São Paulo? Vem, vamos pra mesa."

Desde que saíra dali, Fabrício não comia o tipo de comida que tinha ali, a sua frente, na mesa: cozido de carneiro, arroz com pequi e sarapatel. Não sabia se seu intestino ainda suportava aquele tipo de culinária. O enjoo continuava. Pôs-se a comer com cautela. Surpreendentemente, achou a comida saborosa.

A sala ligava-se à cozinha por um corredor. Fabrício lembrava que as criadas costumavam vir de lá para repor as porções nas travessas. Mas não hoje. Não ouvia barulho nenhum na cozinha. Onde estava a criadagem?

A mãe não parava de falar. Queria saber o que ele andava fazendo, se estava se cuidando, como se sentia voltando à fazenda depois de tanto tempo ("seu pai ia gostar tanto de te ver aqui"). Logo entrou no assunto que Fabrício já esperava desde que se sentara à mesa.

"Você pretende voltar?" Ela parou e tossiu, o punho direito à frente da boca. "Você pretende voltar ou vai ficar aqui?"

"Ficarei umas duas semanas, talvez três. Então voltarei."

"Por quê? Por que você não fica?"

Fabrício parou de comer, os talheres aprumados nas mãos.

"Em São Paulo é onde tudo acontece, mãe. Preciso estar lá para me recolocar."

"Mas quem tá sem emprego tem que cortar despesa", disse Getúlio. "Vindo pra fazenda não vai gastar com restaurante. Não vai se entediar, tem trabalho pra fazer — com as abelhas, com o gado, com a terra. Só por um tempo, enquanto você arranja outro trabalho."

Fabrício repousou os talheres na borda do prato. Por que Getúlio tentava convencê-lo a ficar? A mãe nunca aceitara que ele tivesse ido embora, mas o irmão sempre o apoiara.

"Preciso cortar despesas, sem dúvida. Mas, se sair de São Paulo, não arranjo mais emprego. É lá que se encontra minha rede de contatos."

Ele sabia que era perda de tempo. Getúlio e sua mãe nunca entenderiam: em uma metrópole estava sob os holofotes, tendo seu trabalho visto, amplificado, reconhecido.

"Querido, nós...", Lúcia parou para tossir de novo. "Nós precisamos de ti. A fazenda está..."

"Mãe!", Getúlio descerrou a mão sobre a mesa. "Não agora..."

A mãe olhou para Getúlio e em seguida para Fabrício. Então baixou os olhos e voltou a comer.

"O que há?", perguntou Fabrício.

Getúlio suspirou.

"O que a mãe quer dizer é que as coisas não são mais como eram. Tá difícil contratar peão. Quem é novo vai pra cidade. Os velhos morrem e as casas ficam abandonadas. E ainda tem o dinheiro do governo. Quem quer trabalhar, se o governo dá bolsa?"

"O programa assistencial assegura que a população desempregada tenha uma renda mínima, Getúlio."

"Aqui só tem servido pra sustentar vagabundo. Mas depois a gente fala sobre isso", disse. "E em São Paulo, o que você fez de bom por lá?"

VII

Fabrício se recordava de que a fazenda parava do meio-dia até as duas da tarde. Com o sol a pino, os peões se recostavam sob a sombra da árvore mais próxima, cochilando por cerca de duas horas antes de retomarem a rotina.

Onde estavam os peões? Desde que chegara, Fabrício não vira um. De pé no alpendre, a mãe cochilando em uma rede, via a casa do vaqueiro, cerca de vinte metros adiante, à margem da estrada. As janelas estavam abertas, mas não havia nenhum movimento.

Andou em linha reta até a caixa-d'água. Atrás dela ficavam as goiabeiras, junto à cerca de arame farpado que delimitava o pátio. Não viu nenhum dos peões que antigamente trabalhavam ali, consertando a cerca, carregando água para lavar a caminhonete, coletando goiabas.

Nem peões, nem domésticas.

Fabrício deu meia-volta e andou alguns passos para a esquerda, até o ponto no terreiro em que ficava o engenho de cana-de-açúcar.

Porém, ele estava destruído. Só restava a moenda. Tudo o mais desaparecera.

Por um minuto, Fabrício se deixou ficar defronte ao equipamento destruído.

Enquanto olhava para os destroços, recordava-se dos familiares e amigos reunidos em torno do engenho. Via, como se estivesse ali, à sua frente, a parelha de bois puxando a moenda em giros, os moendeiros empurrando a cana nas prensas, a garapa escorrendo até o parol logo abaixo, de onde os peões a recolhiam em gamelas, que levavam à casa de caldeiras. Ali, colocavam o caldo de cana em tachas, sobre as bocas de um fogão à lenha. O cozimento a fogo baixo engrossava a garapa, transformando-a em mel de engenho, que era então despejado em cochos de madeira. Neles, o mel se solidificava em rapaduras, usadas parte para consumo na própria fazenda, parte para pagamento aos peões e parte para venda à mercearia do seu João, em Santa Fé.

Quando crianças, ele e Getúlio tinham medo das abelhas. Na época da moagem, elas esvoaçavam por todo lugar. Pousavam sobre o dorso dos bois, sobre as bordas dos copos cheios de caldo de cana que os familiares bebiam, sobre o para-brisa da caminhonete do pai — e sobre Fabrício e Getúlio. Eles tentavam espantar os insetos sacudindo braços e mãos. Um dia o pai ensinara a eles que assim era pior.

"Elas ferroam pra se proteger. Fiquem quietos e elas não vão fazer nada."

Os dois deixavam então as abelhas pousarem sobre seus corpos. Conforme o pai dissera, elas nada faziam.

Contemplando os destroços do engenho, Fabrício via o pai, sentado sobre uma pedra, descascando cana para que ele e Getúlio chupassem as rodelas.

Um dia ele os ensinara. Fabrício tentara primeiro: não aprumava a faca, as farpas da casca machucando seus dedos; ou cortava fundo demais, ferindo o miolo, ou superficialmente a casca, sem sair de todo. Getúlio tentara em seguida: tivera dificuldade de nivelar a faca, que tendia a resvalar pela tangente; mas, na terceira tentativa, pegara o jeito, a lâmina deslizando pelos nós com segurança; após descascar, cortara com maestria as rodelas, girando a faca em círculos ao redor do colmo, o polegar dando firmeza.

Hoje, Fabrício percebia que descascar cana nada significava para ele. Por que o fazia?

Para agradar o pai.

Enquanto, adiantando-se, abria a cancela que dava acesso ao açude, Fabrício perguntava a si mesmo se haveria aptidões de nascença que nos jogam para uma atividade. Será que realmente escolhemos nosso caminho ou ele já é, de antemão, direcionado? Getúlio nasceu para essa terra, e ele, Fabrício, para fugir dela?

Queria caminhar, mesmo sob o sol forte; queria ir para os matos, onde não haveria ninguém com quem conversar, ninguém que perguntasse a ele sobre ficar ou não ficar, ninguém que o lembrasse para onde a vida o levara.

Tentou ligar o GPS do *smartphone*. Sem sinal. Óbvio: celulares não pegavam ali. Guardou o aparelho em um dos bolsos. Do outro tirou um iPod. Tentou ligá-lo. A bateria descarregara. Guardou-o e seguiu pelo paredão.

Só havia água no sopé da barreira, na parte mais funda do açude. No restante, só barro seco rachado pelo sol. Nas margens, vegetação seca, rasteira. Oposto ao paredão, um jatobá tombara e submergira há anos — e continuava lá, caído em horizontal, o tronco fincado no barro, os galhos escurecidos pelo tempo agora pontos de descanso de urubus.

Fabrício, Getúlio e os primos costumavam apostar em quem conseguia mergulhar até o solo naquela parte mais funda do açude. Ganhava quem emergisse com a lama escura e fria lá de baixo. Só Fabrício conseguia. Os primos e Getúlio tentavam diminuir seu mérito: ou eles estavam cansados, ou Fabrício dera sorte, ou tinha lama escondida no bolso, ou...

Não admitiam que Fabrício era o único dentre eles que não tinha medo de perder o fôlego; o único que não tinha medo de correr o risco. Não tinha entusiasmo com as pequenezas da fazenda, mas em se tratando de um desafio real, como aquele mergulho — que poderia levá-lo à morte se malsucedido —, não hesitava. Quando isso mudara? Quando passara a ter medo de se arriscar? Ele, que não hesitara em se mudar de Teresina para São Paulo apenas três anos depois de formado, ignorando os que diziam a ele que aquilo era loucura?

Após o açude, o paredão se rebaixava e conduzia a uma picada. Fabrício seguiu nela, o mato roçando em seu rosto, até chegar a uma porteira. Tentou remover as varas dos mourões, mas elas estavam coladas aos buracos — como se ninguém andasse por ali há muito tempo. Fabrício se curvou, passando por baixo da última vara, quase se debruçando sobre o solo. Ergueu-se e prosseguiu até uma estrada cascalhada.

Lembrava que por ali podia acessar três das quatros roças da fazenda.

Dobrou à esquerda na estrada e caminhou.

Após alguns minutos, chegava à porteira que dava acesso à primeira roça. Sem entrar, observou o terreno.

Garranchos, folhas e ervas daninhas cobriam o atalho que levava da porteira ao interior da roça. Mato ocupava a área onde antes se plantava. Plantas trepadeiras cresciam sobre a cabana que os trabalhadores usavam para o rancho. Perto, um arado enferrujado.

Na segunda roça, uma carniça de vaca apodrecia às margens de um córrego seco. Os urubus já haviam devorado as entranhas do cadáver pelo orifício do ânus e as órbitas dos olhos eram dois buracos vazios. A visão e o odor pioraram o enjoo de Fabrício.

Na terceira roça, o mato estava tão crescido que qualquer atalho ou picada desaparecera.

A fazenda estava abandonada.

Enquanto caminhava a esmo pela estrada, Fabrício pensava no quão Getúlio era caprichoso demais para que fosse apenas desleixo. Será que a fazenda estava sem dinheiro? Será que era sobre isso que sua mãe tentara falar no almoço?

Sem perceber, viera parar perto da antiga clareira onde ele e Isabela costumavam brincar. O atalho que conduzia até lá desaparecera, mas Fabrício reconheceu as rochas que marcavam o ponto de entrada.

Isabela...

Como ela virara fazendeira?

Afinal, era apenas a filha de um morador local, peão da fazenda, já falecido. Cursara o colégio público em Santa Fé.

Ela e Fabrício viviam brincando. Achavam chifres de gado morto e montavam currais de pedra, imaginando que cada chifre fosse uma vaca; até marcavam o "gado" com um corte de faca; às vezes, acendiam uma fogueira, assando passarinhos que haviam matado com baladeiras; jogavam milho para as galinhas no quintal; quando o pai de Fabrício trazia revistas em quadrinhos da cidade, refugiavam-se no quarto, só os dois, lendo em voz alta; um dia ela sugerira que brincassem com as partes íntimas um do outro...

Adentrou a mata, usando as mãos para abrir caminho entre os garranchos.

Em alguns minutos, chegava à clareira. A terra amarelada, com arbustos esparsos, estendia-se por cerca de dez metros. Caídos sobre o solo, troncos de vegetação baixa. Fabrício foi até o centro, onde havia uma cruz de madeira fincada.

Quando Getúlio o trouxera ali pela primeira vez, assustara-o dizendo que aquela cruz marcava uma cova. *Aqui enterraram um homem mau, Fabrício. Um homem mau pras crianças.* À noite ele tivera um pesadelo. No dia seguinte, sua mãe repreendera o irmão. Depois Isabela contara a ele a verdade, quando começaram a ir lá toda vez que Fabrício vinha de Santa Fé para a fazenda.

Não tem morto nenhum, seu besta. Faz um tempo, uns índios plantavam aqui. Um dia os fazendeiros mataram eles.

E onde enterraram? Não foi aqui?

Não, seu medroso. Jogaram os corpos no pé da chapada. Sem enterrar. Sabe por que chamam Chapada das Almas? Dizem que de noite dá pra ouvir os índios...

Para, Isabela, para...

Ela rira do medo dele.

Nenhum dos dois riria, porém, naquela noite... A última em que haviam pisado ali... A noite do eclipse...

Fabrício percebeu que era a primeira vez que voltava ali desde então... Desde aquela noite em que passara a acreditar em fantasmas...

À direita dele, as folhas farfalharam. Fabrício virou a cabeça para olhar.

No beira-campo, algo se movia entre as folhas... Algo que caminhava lentamente, quebrando os gravetos no solo, movendo os galhos à frente, pisando sobre as pedras... Os ruídos ficavam mais altos à medida que a mata cerrada se abria, dando passagem a um...

... veado-catingueiro.

O animal caminhou pela clareira até Fabrício. Parou a alguns passos dele. Fitou-o. Os olhos do animal eram de um escuro gelatinoso. Olhos de morto, pensou Fabrício.

A viração começou a soprar, ciciando e carregando da mata para a clareira, em um pequeno redemoinho, garranchos, poeira e folhas. Uma lufada arrastou pelo solo um rolo de raízes secas. De repente, pareceu a Fabrício que o tempo havia parado e que ele estava em outro lugar.

Sentiu um calafrio.

O veado se virou e adentrou a mata.

VIII

Fabrício havia se esquecido de como as estrelas ficavam nítidas no interior, sem o adensamento das nuvens que se via nos grandes centros. O céu parecia todo preenchido por elas. Sentado em uma cadeira, Mandíbula dormindo a seus pés, ele se lembrou de quando, naquele mesmo alpendre, Isabela o ensinara a localizar o Cruzeiro do Sul. Antes do primeiro beijo deles.

Eu e você não pertencemos a este lugar, Fabrício.

Ela dissera isso pela primeira vez quando tinham doze anos. E continuaria a dizer, em Teresina, enquanto cursavam faculdade.

A casa estava às escuras. Getúlio desligara há pouco o motor na casa de máquinas, ao lado da caixa-d'água. O equipamento, movido a diesel, gerava eletricidade diretamente para as lâmpadas. Agora o irmão se refestelava em uma cadeira de balanço, o chapéu dependurado no espaldar, uma xícara de café na mão, um cigarro aceso na outra, o isqueiro dourado sobre a coxa e as sandálias escapando pelas pontas dos pés. Aparentava cansaço: passara a tarde inspecionando os apiários, espalhados em vários pontos dentro da mata.

Era assim que todas as noites terminavam no sertão, pensou Fabrício: uma xícara de café no alpendre, acompanhada de um cigarro — a recompensa humilde por mais um dia de dever cumprido. Por que ele nunca sentira essa sensação quando trabalhava na agência?

Getúlio interrompeu o balançar da cadeira com o pé direito. Bebeu o último gole de café e colocou a xícara no chão. Olhou para Fabrício.

"Depois que vocês... Depois que você foi embora, a mãe da Isabela morreu. Ela se casou com um empresário de São Paulo que conheceu em Teresina. Foi embora. Não se ouviu mais falar dela."

"Até que..."

"Ano passado ela comprou a fazenda do velho Fabiano. Demoliu tudo e construiu aquilo que você viu ali".

"E... o marido dela?"

"Morreu ainda em São Paulo. Ela ficou com o dinheiro e com as empresas. Dinheiro a balde, dizem."

"E por que ela está comprando as fazendas?"

"Pra criar gado. E vender a carne pra BF. Já ouviu falar?", como Fabrício assentisse com a cabeça, continuou: "A empresa tem acordo com ela."

"Acordo de fornecimento exclusivo?"

"Sim."

"E com o frigorífico se instalando, os açougues acordados com ela..."

"Ela vai controlar tudo. Eu confiei que o Zé fosse ficar, aí eu vendia carne pra ele; mas ele tá com medo de ficar e perder o matadouro."

"Não é possível a ele manter o matadouro com a renda dos outros negócios?"

Getúlio sacudiu a cabeça.

"Você ficou fora muito tempo, Fabrício. Zé das Carnes não tem mais outros negócios. O crédito foi ficando menor, mais difícil, e ele teve que passar tudo adiante. Hoje ele só tem o matadouro, uma casa luxuosa e algum dinheiro na poupança."

Getúlio parou de falar. Apagou o toco do cigarro prensando-o contra o chão. Ergueu-se, guardando o isqueiro no bolso da bermuda. Ladeou uma das vigas do alpendre, parando de costas para Fabrício, as mãos nos bolsos. Sem se virar, continuou:

"A situação anda difícil, Fabrício. Perdi quase todos os peões. Só ficaram o Valdemar e o filho dele. Todo ano, a renda da fazenda é menor. É difícil pegar dinheiro no banco. E ainda tem esses sem-terra: o governo acha que eles vão conseguir plantar aqui, sem dinheiro, sem chuva; só que aqui não é o Sul".

Mandíbula acordou. Soergueu a cabeça por alguns segundos antes de voltar a dormir. Um grilo se pôs a guizalhar no telhado. Um sapo-cururu saltitava pelo terreiro em direção ao rebaixo do alpendre.

"Pro Zé das Carnes", continuou Getúlio, "era melhor abater só o gado da Isabela, que é de corte bom. Ele ainda compra o meu, no meu preço, por amizade. Mas quando ele vender, e o matadouro grande vier, os açougues fechados com ele, não vou ter quem compre."

Fabrício nunca havia imaginado que aquilo algum dia poderia acontecer. Durante todos aqueles anos, a fazenda Barro Seco parecia inabalável, algo que sempre permaneceria ali, de pé, dando dinheiro, o que quer que acontecesse a cada um da família. Agora, poderia desaparecer em uma falência. E o que mais o surpreendia era o quanto aquilo o afetava.

"E o que pretende fazer?"

Getúlio deu de ombros.

"Não sei. Talvez matar e vender os bois aqui mesmo. Só que pouca gente vai vir da cidade pra cá se pode comprar dos açougues."

Getúlio se virou. Puxou sua cadeira para perto de Fabrício, ficando quase frente a frente com ele. Sentou-se.

"Preciso de ti, Fabrício."

"Para quê?"

"Pra me ajudar com a fazenda."

"Eu? Getúlio, não sei fazer essas tarefas."

"Vai aprender. Você sempre foi inteligente pra aprender."

"Não essas atividades."

Getúlio meneou a cabeça. Cerrou as mãos e apontou os punhos para o chão.

"Essa é nossa terra, Fabrício. Faz 80 anos que é nossa."

(*Nossa, não. Sua, como foi do papai e do vovô. Minha não.*)

"Getúlio", Fabrício desviou o olhar para o terreiro, "essa não é minha vida."

Getúlio pareceu que ia falar, mas se calou. Recostou-se na cadeira. Fabrício ouvia a respiração pesada dele.

"É por causa dela, né? Você ainda gosta dela. Mesmo com ela querendo acabar com o que o pai e o vô construíram."

"Getúlio, Isabela não tem absolutamente nada a ver com minha decisão. É que simplesmente... Como poderei dizer? Esse lugar, essa fazenda... é passado para mim..."

Getúlio se aprumou na cadeira. Apontou para o pátio.

"Olha ao teu redor. Você tá aqui, agora. Isso é teu presente. São Paulo é teu passado."

Fabrício fitou-o. No escuro, um não conseguia ver com nitidez as feições do outro. Uma cigarra começou a chirriar dentro da casa. Uma vaca mugiu no curral, enquanto outra soava o chocalho. Ao longe, a luz da lua sobre a escarpa rochosa da chapada se refletia em um brilho translúcido.

Getúlio se levantou.

"Bem, você que sabe. Não dorme tarde que amanhã tem churrasco", e entrou na casa.

Fabrício se deixou ficar, cabisbaixo.

Onde Getúlio estava com a cabeça? Ele, ajudar na fazenda? Nunca fora bom nessas atividades... Arar a terra, consertar os equipamentos, ordenhar as vacas... Ainda se lembrava do que o pai dizia...

Vou pedir pro Getúlio. Você não sabe fazer isso.

Mandíbula acordou e se sentou à frente dele. Fabrício alisou o pescoço dele. O cachorro pulou em seu colo, tentando lamber seu rosto. Fabrício brincou com ele por alguns minutos. Então, levantou-se e foi para o quarto.

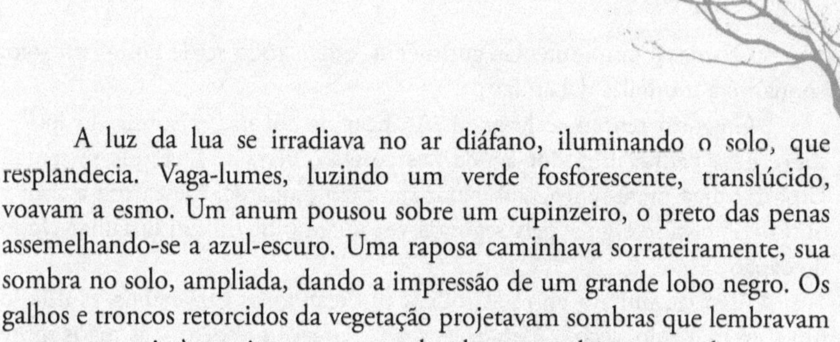

IX

A luz da lua se irradiava no ar diáfano, iluminando o solo, que resplandecia. Vaga-lumes, luzindo um verde fosforescente, translúcido, voavam a esmo. Um anum pousou sobre um cupinzeiro, o preto das penas assemelhando-se a azul-escuro. Uma raposa caminhava sorrateiramente, sua sombra no solo, ampliada, dando a impressão de um grande lobo negro. Os galhos e troncos retorcidos da vegetação projetavam sombras que lembravam garras, em meio às quais apareceu o vulto de um cavaleiro montado.

Gregório Bezerra perdera a hora inspecionando as cercas de sua fazenda. Agora, cavalgava pela Caatinga, de volta para casa.

A inspeção o cansara. Não tinha mais idade para ficar horas sobre a sela de um cavalo; as costas ficavam doloridas. Estava disposto a abandonar aquilo tudo. Dera sua vida por aquela terra e não se arrependia. Mas, agora, precisava de dinheiro para cuidar de sua saúde. O que Isabela oferecera permitiria a ele uma velhice confortável, sem que se tornasse um estorvo para os filhos. Não dissera isso a Getúlio, claro; ele não entenderia; era como o pai e o avô — incapaz de ver o mundo mudando ao redor de si.

Já saía da Caatinga, entrando na transição para o Cerrado — o primeiro capão de mato logo a sua direita —, quando percebeu a agitação do cachorro. Gemia, andava em círculos, corria de um lado para outro.

Gregório puxou as rédeas do cavalo, que parou:

"Que há, diacho?"

O cachorro continuou a agir do mesmo modo, sem demonstrar tê-lo ouvido. Até que se sentou no solo e, encolhendo-se, urinou.

Gregório conduziu o cavalo para perto do cachorro. Ergueu a mão direita na altura dos ombros, brandindo o chicote, preso a seu pulso por uma alça.

"Deixa de aperreação, peste, ou te acabo na peia."

O cachorro se ergueu, ganindo, e debandou.

"Filho de um satanás."

Gregório agitou as rédeas. O cavalo não se moveu.

"Até tu?"

Chicoteou as ancas do animal. Ele se contraiu, sem sair do lugar. Esporeou-o. O cavalo coiceou, mas continuou parado.

Gregório sentiu então uma mudança na respiração do animal. Apoiando-se nos estribos, ergueu-se um pouco no selim e, curvando-se sobre o arção da sela, apalpou os peitos da montaria. Embora tivesse marchado devagar até agora, o cavalo resfolegava.

Gregório se aprumou sobre a sela. A um só tempo, esporeou e chicoteou o cavalo.

O animal empinou. Gregório caiu, estatelando-se de costas no solo, enquanto a montaria debandava.

Gregório tentou se levantar. Ao ficar de cócoras, a rótula do joelho sobre uma pedra, uma dor aguda nas costas o vergou. Teve que se sentar. Uma formiga preta tentou subir por sua mão esquerda. Descartou-a com a outra. Tentava se erguer pela segunda vez quando ouviu um farfalhar vindo do capão.

Algo caminhava entre as folhas, pisoteando os garranchos, emitindo um som marcado, seco... *krek, krek, krek...* Gregório esperou, as mãos sobre a areia dura... *krek, krek, krek...* Ele sabia o que aquilo deveria ser, o que aquilo só *poderia* ser — um caititu, ou uma raposa... *krek, krek, krek...* Ele evitava pensar que seu cachorro fugira por causa daquilo que vinha, seu cavalo também... *krek, krek, krek...* A audição aguçada pelo medo captou o piado de uma coruja e o deslizar de uma cobra... Teria, realmente, piado a coruja? Ou ele estava alucinando?

O mato agora se mexia, os galhos trespassados por algo que se aproximava... *krek, krek, krek...* Gregório sentiu um calafrio... *krek, krek, krek...* O que quer que fosse, era muito grande e pesado para caititu ou raposa; talvez um lecho, fuçando o solo em busca de formigueiro... *krek, krek, krek...* Ele *queria* acreditar nisso... A respiração acelerou, cada inspiração interrompida na metade por uma pontada nas costelas... *krek, krek, krek...* Suor escorria de seu rosto até o peito... *krek, krek, krek...* À sua esquerda, no solo clareado pelo luar, uma sombra se projetou... Antes que ele pudesse ver o que era, as nuvens encobriram a lua e o breu o envolveu.

Em meio às trevas, ouviu algo sair da mata e se aproximar, lenta e sorrateiramente... O que era aquilo? Sentiu uma golfada na garganta, um frio gélido percorria sua espinha, enquanto aquilo, homem ou animal, aproximava-se, ele nada via, o negrume a tudo encobrindo, as mãos dele tremiam, a barriga se contraía em cólicas e aquilo se aproximava... se aproximava... se APROXIMAVA, agora o sentia ali, de pé à sua frente, e então, de repente, sumiu, e em segundos Gregório o sentia, desta vez à sua direita. Ele se virou, e agora atrás dele, e depois à esquerda, e à frente, agora a criatura o rodeava, o RODEAVA, à direita, ele começou a chorar, a implorar, *por favor, não, não,* atrás dele, fechou os olhos, baixou a cabeça, à esquerda; *meu Deus!* — iria morrer; à frente, a criatura agora se curvava sobre ele, ele ouvia, perto dele, uma respiração pesada, entrecortada, iria morrer, morrer, tinha que tentar fugir, levantar, corr—

Gritou.

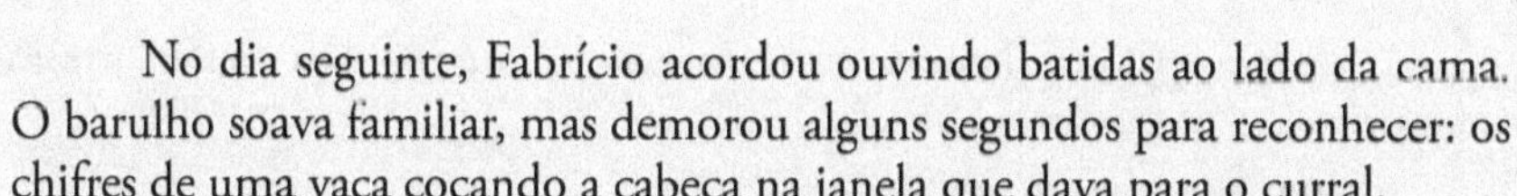

No dia seguinte, Fabrício acordou ouvindo batidas ao lado da cama. O barulho soava familiar, mas demorou alguns segundos para reconhecer: os chifres de uma vaca coçando a cabeça na janela que dava para o curral.

No quintal, um galo cantou. Fabrício se lembrou das histórias de assombração que ouvia quando criança. Nelas, o canto do galo anunciava a hora em que as entidades sobrenaturais voltavam para o além e o terror terminava. Bem que na vida real, pensou, os problemas poderiam ir embora dessa maneira.

Levantou-se e foi ao banheiro. Escovou os dentes, tomou um banho rápido e saiu para o alpendre.

Fabrício esquecera como as manhãs ali eram frias, mesmo em período de seca. Seus dentes tremelicavam um pouco e sentia na pele a umidade do ar. No pátio e no entorno da casa-grande, ao rés do solo, um resquício de névoa se dispersava à medida que o sol se erguia alaranjado no horizonte.

Um novilho estava amarrado a um dos mourões do pórtico por uma corda de laço.

Fabrício deu alguns passos até o curral, à direita, anexo à casa-grande, logo após o telhado do alpendre. As vacas comiam de uma cocheira que se estendia de um lado a outro. Algumas bebiam água em um cocho. Fedor de estrume se espraiava.

Quando criança, sempre que acordava cedo, Fabrício corria para o curral levando um copo vazio que o vaqueiro Valdemar, ou um dos filhos dele, enchia de leite puro, quente, espumante. Bebia o líquido aos borbotões.

Às vezes, aparecia de noite na casa do vaqueiro. Ele sempre estava no terreiro, fumando um cigarro mata-rato, sentado em uma banqueta, reclinado de modo a apoiar as costas junto à parede de barro da casa de taipa. Fabrício o enchia de perguntas: como era dormir na Caatinga? Já vira alguma onça? Qual o melhor cavalo que já tinha tido? Só agora ele percebia o quão paciente o vaqueiro era, respondendo às perguntas, mesmo que repetidas, sem demonstrar enfado.

No canto do curral próximo a Fabrício, um dos peões ordenhava uma vaca, as pernas traseiras dela amarradas uma a outra por uma corda, o bezerro amarrado à coxa por um arreador. A rês se mexia, coiceando o ar. O peão se sentava sobre uma banqueta de um pé só, o quadril amarrado à madeira por uma correia de borracha — arranjo que permitia a ele se movimentar entre as reses sem precisar carregar o assento com as mãos.

"Salve", disse Fabrício, apoiando os cotovelos sobre uma das vigas, que naquele lado do curral se ligavam diretamente às paredes da casa.

O peão virou o rosto para ele sem interromper a ordenha.

"Salve, doutor."

"A vaca parece agitada."

"Todas tão assim de uns dias pra cá."

"Qual seu nome?"

"Tonho."

Fabrício tentou se lembrar se o conhecia. "Você trabalha aqui há muito tempo?"

"Sim. Sou filho de Valdemar."

Devia ser o mais novo. Dos outros filhos do vaqueiro Fabrício se lembrava bem. "Seus irmãos ainda moram por aqui?"

"Não. Foram pra Teresina. Pai vai me mandar pra lá ano que vem. Pra estudar. Não quer filho vaqueiro. Diz que é vida muito dura."

Com quantos anos Valdemar estaria hoje? Fabrício sabia que o vaqueiro era um pouco mais velho que seu pai quando começara na fazenda. Tentou prestar atenção na ordenha, mas logo se pôs a pensar sobre a conversa da véspera.

Brazilian Food. A maior empresa de proteína animal do país. Uma das maiores do mundo. Lembrava-se de ter lido em uma revista de negócios que a empresa comprara quase todos os concorrentes. Como Isabela conseguira um contrato com uma corporação dessas? E como isso agora afetava a fazenda, a última lembrança física de seu passado? Como algo que parecia tão distante de repente invadia sua vida?

Quando criança, os adultos davam a ele a impressão de terem controle sobre suas vidas. Adulto ele próprio, aprendeu que a maioria não tem. Vivem um dia depois do outro, sem um plano, sem ambições, *reagindo* mais do que *agindo*. Constroem suas vidas em resposta às situações: empregos, casamento, filhos, dívidas, demissões...

Ele, Fabrício, sempre se achara diferente. Afinal, não decidira mudar para São Paulo, para virar publicitário em um mercado competitivo? A ideia era crescer na agência até virar sócio. Tinha tudo traçado, planejado, por escrito. Dizia a si mesmo, todos os dias, que tinha pleno controle sobre sua vida.

Será que tinha? Será que algum dia tivera?

Mesmo a fazenda, isolada, distante, presa em outra época, estava agora com seu futuro nas mãos de outros. Getúlio queria lutar, resistir, mas valeria a pena? E como ele, Fabrício, poderia ajudar nisso, por Deus? Era um homem da cidade, sempre fora — mesmo antes de ir para São Paulo. Não, o melhor a fazer era ir embora, deixar o problema para Getúlio, que nascera para aquilo, para aquele mundo.

Ouviu som de passos. Virou-se. Lúcia aparecia no alpendre, vestindo uma camisola branca. Aproximou-se e o abraçou. "Já acordado? Não conseguiu dormir? Está doente?"

"Não. Eu habitualmente acordo mais cedo quando estou aqui."

"Claro. A energia é desligada de noite, não tem como ficar no computador até de madrugada."

Fabrício riu. Ela ia falar, mas uma tosse a interrompeu. Pigarreou.

"Lembra", ela disse, "quando era tempo de apartar o gado? Você subia no mourão do curral pra ver."

"Sim. Eu gostava de ver os bezerros serem marcados. Papai fazia isso com tanta naturalidade, tanta segurança."

Lúcia riu, o olhar distante.

"E as vacas que o vaqueiro trazia da caatinga? Bravas, selvagens. Valdemar as trazia mascaradas, era a única maneira de entrarem no curral."

"E depois tinha que laçar elas pra tirar a máscara. A vaca o atacava, ele tinha que correr e pular pra fora do curral. Mas ele sempre conseguia."

"Seu pai adorava essa vida, Fabrício. Essa fazenda..."

"Sim."

Ela fez silêncio por um breve momento. Então, continuou:

"Getúlio disse... que você não quis ficar."

"Não há nada pra mim aqui."

"É a fazenda da família."

"Mãe, quanto dinheiro vocês conseguem com a fazenda?"

"Pouco. Os tempos são ruins."

"Então, talvez seja hora de seguir em frente".

"Você quer dizer vender a fazenda? A fazenda pela qual seu avô e seu pai lutaram tanto?" — ela começou a lacrimejar. "Não acredito que você está falando isso. Primeiro, você falta ao enterro do seu pai. Agora..."

"Mãe..." — ele ia tentar remediar a situação quando um soar de botas antecedeu a chegada de Getúlio à porta. Lúcia enxugou as lágrimas com as mãos.

O irmão disse uma saudação qualquer e dirigiu-se ao novilho amarrado ao pórtico. A meio caminho, pegou um machado na carroceria de um carro de boi, abaixo da figueira. Aproximou-se da rês presa. O animal começou a se mover para trás, baixando a cabeça, como se tentasse romper a corda.

Getúlio se posicionou ao lado do animal. Ergueu o machado acima da cabeça, aprumado, o gume ao revés.

Golpeou o novilho na nuca.

O animal se vergou, apoiando-se frouxamente sobre as patas dianteiras. As pernas traseiras se mantinham eretas. Ele tentava se erguer, as patas porém derrapando, descoordenadas.

Novo golpe na nuca o prostrou mais ainda. As pernas traseiras, ainda eretas, agora começavam a se curvar. As dianteiras perderam a força, os cotovelos apoiando-se sobre o solo, os cascos das patas virados na direção do peito. O novilho mugiu e as reses no curral se achegaram às vigas.

Um terceiro golpe derrubou o animal de banda, as pernas sacudindo-se convulsivamente, nos estertores. Uma baba branca começou a escorrer por sua boca, caindo até o solo. Ele deu um último e longo mugido, que se prolongou em alguns mugidos curtos das reses no curral. Aos poucos, enquanto os globos oculares se alargavam, perdendo o viço, as pernas pararam de se mover. O novilho terminou inerte, olhos esbugalhados e a língua arroxeada estirada sobre o solo, suja de baba e terra.

Getúlio jogou o machado no terreiro. Desatou o nó que amarrava a corda ao mourão. Tirou o laço pronto que arrodeava o pescoço do novilho. Amarrou, juntas, as patas traseiras do animal. Ia começar a carneação. Olhou para Fabrício e sorriu.

"O churrasco tá a caminho."

Fabrício não riu. Havia esquecido o modo cruel como se matavam animais no interior arcaico. Resquício medieval do estilo de vida que sua família ainda levava.

O que estava fazendo ali? Por que voltara?

♋

"Foram os sem-terra que mataram o Paulo."

O homem de chapéu, Honório Fonseca, parou de falar e tomou um gole de cerveja. Tinha uma barba rala e um rosto magro, perto do cadavérico.

"E por que os sem-terra matariam o Paulo, Honório?" — perguntou Getúlio, comendo um pedaço de carne com um garfo. Em uma churrasqueira de carvão, perto da sala de máquinas, dois peões assavam cortes de carne, que distribuíam em seguida nas mesas, sobre pratos. Mandíbula perambulava pelo terreiro na expectativa de algum repasto. Ao redor, outros grupos sentados às mesas espalhadas pelo pátio.

"Porque tão aqui pra tomar nossas terras", disse Honório. "Se tiverem que matar a gente, matam."

"Que é isso, que é isso?", interveio um homem de cabelos grisalhos e porte ereto. Miguel Lacerda. Quando falava, os outros prestavam mais atenção do que a qualquer outro da roda. "Os assentados fazem bagunça, mas nunca machucaram ninguém."

"Lá vem você com essa conversa", disse Honório. "Você é militar, Miguel, devia tá contra esses vagabundos."

50

Miguel riu.

"Estou na reserva há dez anos. Você sabe disso."

"Devia voltar", disse Honório, tirando do bolso da calça uma carteira de cigarros e um isqueiro. "O Brasil tá precisando de ordem." Tentou acender um cigarro, mas o isqueiro falhou uma, duas, três vezes. Getúlio tirou do bolso da bermuda o isqueiro dourado. Aproximou-o de Honório e acionou a chama. Honório acendeu o cigarro e tragou, colocando então seu isqueiro e a carteira sobre a mesa. Baforou. "Um homem passa a vida neste interior, luta pela sua fazenda, trabalha todo dia, sem descanso — pra um bando de vagabundo vir tomar as terras dele?"

"A culpa sempre é dos sem-terra, hein?" Quem falava era o delegado Marco Aurélio, de Santa Fé. Vestia calça *jeans*, camisa social e botas. Acabava de se juntar à roda, mas se manteve de pé. "Os tempos são outros, Honório. Os sem-terra têm o direito de reivindicar."

"Não de invadir", disse Honório, dando de ombros. Cruzou os braços e olhou ao redor. "Cadê o Gregório? Ele disse que vinha."

Sem se levantar, Getúlio serviu um copo de cerveja para Marco Aurélio.

"Alguma novidade sobre o Paulo, delegado?"

Marco Aurélio tomou um gole rápido da cerveja.

"O corpo já foi liberado pelo IML. A família fará o velório e o enterro amanhã. Em Teresina."

Getúlio meneou a cabeça.

"Isso já sabemos. E quanto ao assassino?"

"Estamos trabalhando."

"Estão dizendo que não havia pegadas", disse Miguel.

"Sim, general. Ele foi morto em terreno rochoso".

"Delegado", disse Getúlio. "Se o assassino ainda está por aí, ele pode matar qualquer um aqui."

"Não quero me precipitar", disse o delegado. "Um toque de recolher deixaria a população em pânico. E seria pouco efetivo aqui, na área rural."

"Então, vou ter que usar minha espingarda de novo", disse Honório. "Nem lembro da última vez."

"Bem", disse o delegado, "a Polícia Militar aumentou o patrulhamento na cidade. Mas não tem efetivo pra cobrir as fazendas. Façam o que puderem pra se defender. Só tenham cuidado em quem atiram."

"Por que alguém mataria um fazendeiro, afinal?", perguntou Getúlio.

O delegado deu de ombros.

"Vai saber. Nos últimos meses tá acontecendo crime por aqui como eu nunca tinha visto."

"A gente sabe o porquê", disse Honório. "São esses sem-terra."

E Honório voltou a esbravejar contra os assentados, bando de arruaceiros que querem tomar na força a terra da qual os fazendeiros cuidaram a vida toda, com trabalho duro e...

Getúlio já não prestava mais atenção. Tentava localizar Fabrício. Pensava em como poderia convencer o irmão a ficar na fazenda. Não deveria ser difícil. O que o garoto tinha a perder, afinal? Sabia que Fabrício era muito diferente de um fazendeiro: sempre fora imaginativo, meio relaxado, pouco prático com o que não lhe interessava (mas muito prático quando tinha realmente vontade), ligado em modismos da cidade (até de *rock* ele gostava!); mas Getúlio sabia que, por baixo daquilo, havia o sangue dos Machado; havia algo na família que os preparava para aquilo e Fabrício também tinha isso, Getúlio *sabia* que ele tinha.

Outro que não prestava mais atenção na conversa era Miguel. Ele também procurava por Fabrício. Como estaria ele? Há tanto tempo não o via. Sempre que via Lúcia, perguntava por ele. Ela fazia drama, dizia que São Paulo era uma cidade perigosa, estressante, que Fabrício deveria mesmo era voltar, que ele estava triste lá etc. Coisa de mãe, sempre preocupada, sempre vendo perigo em todo lugar. Ele questionava, *que é isso, Lúcia, o garoto está bem, feliz, quem disse que todo filho tem que seguir o caminho do pai?* Quando ele soubera que ele tinha voltado, tendo sido demitido, perguntara a si mesmo se Lúcia não estaria certa, afinal.

ℰℭ

Quando estava perto de Solange, Fabrício só conseguia pensar em sexo.

Na verdade, mal conseguia pensar. Só sentia. Um ardor, uma ânsia que o consumia. E como não? Agora, por exemplo, enquanto ela se recostava no tronco de uma seriguela no quintal, ele, em frente a ela, ladeando um dos galhos, apreciava discretamente os seios dela: volumosos, túrgidos, espremidos em um decote tipo canoa, os bicos firmes apontados para cima. Mal prestou atenção quando ela disse:

"Eu sei quem matou o Paulo."

Ela falava em um tom entre o sério e o jocoso. Sorria, mas Fabrício notava que seus lábios, carnudos, molhados, estavam contraídos. Ela estava com medo, pensou. Claro. Ele também estava. Qualquer um estaria, com pessoas morrendo ao redor.

"E quem foi?"

"Foi...", ela fez suspense, olhando para o céu, uma expressão meiga no rosto. Seu pescoço se mostrou a Fabrício, que mordeu os lábios ao pensamento de beijá-la ali, no pomo de adão. Antecipava o arrepio que ela sentiria, o modo como sua espinha se curvaria para frente, o dorso para trás, os seios enrijecidos pela excitação...

"Assombração", ela disse, trazendo Fabrício para a realidade.

"Assom— quer dizer, fantasma?"

"Isso."

52

Ele riu.

"De onde você tirou isso?"

"Porque não tem pegada. E a polícia não encontrou nem impressão digital. Fosse coisa desse mundo, deixava algum rastro."

Ela desencostou do tronco, andou dois passos à frente e ergueu o braço direito para catar uma seriguela. A blusa levantou, deixando à mostra o umbigo, em um abdômen firme. Ela vestia um *short jeans* justo que lhe apertava as coxas grossas.

Fabrício não queria se excitar. Não podia. Solange parecia ser uma boa garota, inteligente, perspicaz. Ele não queria estragar o que acontecia entre eles colocando sexo no meio. Afinal, pra que complicar? Pra que criar expectativas nela?

Ela mordeu uma metade da seriguela.

"Quer?"

Colocou o fruto perto da boca de Fabrício. Ele mordeu a outra metade, sentindo o aroma perfumado que exalava da mão dela. Enquanto fitava Fabrício, ela mordeu o caroço, ainda com vestígios de sumo e da saliva dos dois. Tirou ele da boca, passou a língua entre os lábios e o jogou no solo. Achegou-se a Fabrício, alisando o peito dele com uma das mãos.

"Você acredita em assombração?"

(*Isabela, que foi?*)

"Não."

Ele esgaravatou o solo com um dos pés, tentando conter a ereção que ameaçava começar. Seus lábios estavam secos. Sentia uma comichão no estômago.

"Eu acredito", ela disse. "E tenho medo."

Ela se achegou mais a ele, apoiando o braço esquerdo em um galho ao lado dele. Com o movimento, os seios dela encostaram nele. Ela mexeu brevemente no colar pendurado ao pescoço, levando-o (de propósito?) a reparar de novo nos seios dela. Impressão dele ou eles estavam mais enrijecidos? Ela estaria excitada? Ele engolia a saliva quando ouviu alguém abrir a portinhola que separava o quintal da cozinha. Solange se afastou rapidamente dele e os dois olharam para ver quem vinha.

"Então, tu estás aí."

"Seu Miguel?"

Os dois se abraçaram. Os cumprimentos iniciais em vozes altas, expansivas, perturbaram a rotina do quintal. No pombal, os pombos eriçaram as penas. No chiqueiro, um porco barrão parou de se esfregar na lama e soergueu-se para olhar de onde vinha a agitação. Uma ou outra galinha parou de ciscar.

"Típico de você", disse Miguel. "Fazem um churrasco para te receber e você se esconde no quintal."

"Estava conversando com a Solange sobre o Paulo. Ela diz que foi um fantasma."

"Um fantasma?"

Fabrício teve a impressão de que o sorriso de Miguel vacilara, os lábios tremulando. Mas foi coisa de um segundo e não pensou mais nisso quando ele perguntou:

"Por quê?"

"Porque não tem pegada", respondeu Solange.

Do pátio veio um som de música ao vivo.

"É a banda de forró", disse Solange, pegando Fabrício pela mão. "Vem, vamos dançar."

"Não...agora não...eu... tenho que conversar com seu Miguel..."

"Então fica, besta" — ela riu, largando a mão dele. "Vou arranjar alguém pra dançar comigo." E correu, passando pela portinhola, as batatas das pernas se destacando com o movimento.

"Trocou ela por um velho como eu?"

"Você nem é tão velho..."

"Verdade. Escute, está meio barulhento aqui. Que acha de irmos para outro lugar?"

₦)∛₧

Os dois saíram do quintal por uma cancela que dava acesso à área de silagem.

No centro, viam-se silos recentemente desenterrados, a terra recém-cavada se acumulando nas bordas do buraco. Ao lado, um carrinho de mão cheio de capim, de onde comia um cavalo esquálido. A área se ligava por uma porteira aos dois currais: o principal, junto à casa, e o de apartação, mais distante. Anexo a esse último, uma casa de paredes de tijolos, em cujo interior, naquele momento, visível pela porta aberta, Tonho punha capim em um triturador. A máquina despejava a vegetação triturada no interior de uma câmara de ar, que o peão carregava à cocheira do curral principal. Mais tarde, quando as vacas leiteiras, já condicionadas ao horário da alimentação, viessem sozinhas das roças para o curral, o capim seria misturado à ração, ao sal e aos silos, formando a forragem.

Fabrício e Miguel atravessaram a área de silagem e passaram por uma segunda cancela. Saíram em uma estrada e seguiram. Uma lufada soprou, vergando os arbustos secos.

"Talvez chova", disse Miguel.

"Não é época de chuva", disse Fabrício.

"Também nunca se veem lobos-guarás por aqui, mas já vi três em dois meses. Ontem, um gualecha entrou na minha casa e mordeu a empregada. Onde já se viu guaxinim fazer isso? Os bichos andam meio doidos por aqui. Por que não o clima?"

Continuaram em silêncio. Os passos de Miguel eram mais rápidos do que Fabrício esperaria de alguém daquela idade. Lembrou-se de quando Miguel o levara para uma caça a tatus. Na madrugada, os coturnos do militar pisavam firme no solo, enquanto à frente os peões abriam com facões uma picada no mato. Fabrício, adolescente então, vinha atrás, também de botas. Os cachorros cacinheiros seguiam por dentro do mato, dispersos. Até que um deles farejava o rastro de um tatu. Então os cães se alinhavam e os caçadores os seguiam. No fim, terminavam ao redor da toca, que escavacavam com enxadas até encontrarem o animal, muitas vezes cavoucando a terra em uma tentativa desesperada de fuga.

Engraçado. Só agora, depois de tanto tempo, Fabrício pensava em como era estranho um garoto ter uma amizade com alguém tão mais velho. Chegava a passar tardes inteiras jogando baralho com Miguel. Hoje, relembrando, percebia que ele preenchera um vazio na vida do velho militar, casado por cinquenta anos, mas cuja esposa nunca conseguira engravidar. Ele tomara Fabrício como um filho.

E ele, Fabrício, tomara Miguel como pai?

Afastou o pensamento.

"Sabe", disse Miguel, "parece que foi ontem que você aparecia lá em casa... Sempre querendo saber sobre a ditadura militar ou sobre a história da Igreja..."

"É. Não o que se esperaria de uma criança, correto?"

"Você sempre foi diferente das outras crianças daqui. Eu não me surpreendi quando você decidiu ir pra São Paulo."

"Você foi o único, então..."

Miguel sorriu. Chutou um galho seco no solo, a sola da sandália resvalando no cascalho.

"Não fale assim. Sabe, é difícil pra quem vive em um interior como esse entender que há outros mundos mais além."

"Não foi difícil pra você."

"A vida na caserna me ajudou a alargar a visão. Servi em vários estados e cidades. Nem todos têm essa chance."

"É, eu aprendi isso... há cinco anos."

Haviam chegado à margem de uma grota seca, que cruzava a estrada. Miguel parou e se virou para Fabrício. Apoiou o antebraço sobre um tronco de oiticica caído, em cujo galho se via o ninho abandonado de um joão-de-barro.

"Seu pai era um homem de muito valor, Fabrício. Mas um homem da roça. As coisas que ele disse... tenho certeza de que depois ele se arrependeu..."

"Todo mundo se arrepende... quando chega a hora final, não é?"

Fabrício cruzou os braços e contemplou a mata depois da grota.

"Sabe", disse Miguel, "eu não queria ser militar. Meu pai me fez prometer no leito de morte que eu me tornaria um e honraria o posto. E sabe o surpreendente? Se pudesse escolher, não mudaria o que me tornei."

Fabrício descruzou os braços e se virou para ele.

"O que o senhor quer dizer com isso? Que é igual aos que moram aqui?"

"Que, às vezes, nós não sabemos para o que fomos feitos."

"Bem, eu sei para o que não fui feito. Para o mato, para a cidade pequena, para o provincianismo." Bateu o pé no solo, espalhando cascalho com um ruído seco. Abriu os braços. "Toda essa terra... tanta terra... pra quê? Getúlio devia vender a fazenda e sair desse lugar atrasado."

Miguel se afastou do tronco e se aprumou defronte a Fabrício.

"Eu e você nascemos em Santa Fé. E fomos além, tivemos vivências. Eu voltei assim que fui pra reserva. E vi que há mais numa cidade pequena do que o atraso. Aqui há valores, senso de pertencimento, solidariedade. Talvez seja hora de você dar uma nova chance pra essa terra. Pra construir uma vida própria, Fabrício, precisamos primeiro aceitar a que nos foi dada."

Pela primeira vez desde que chegara Fabrício pensou em como São Paulo perdera aos poucos o charme. Sim, ele vira uma faceta melancólica e triste da metrópole que o deprimia à noite, na cama, quando as obrigações do dia terminavam e ele pensava para onde a vida o levara. Mas ele não estava pronto para desistir. Ainda não.

Pensava em replicar quando Miguel, tendo visto algo de esguelha, virou-se e perscrutou algo dentro da grota.

Uma cobra-preta deslizava rumo à mata. Antes que chegasse lá, foi agarrada por uma ave de rapina, que a carregou até o tronco de oiticica. O pássaro tinha as penas brancas no tronco e pescoço, e pretas nas asas, no dorso, nos olhos e na nuca. A cauda alternava as duas cores em listras horizontais.

"É um gavião", explicou Miguel. "Acauã. Há vários por aqui."

Como a confirmá-lo, outro pousou ao lado do primeiro, que terminava de engolir a cobra. Em seguida, apareceu mais um, e depois outro, e outro, e outro — até que em segundos dez deles haviam pousado sobre os galhos do tronco. Então, começaram a guinchar em uníssono, com um som que lhes justificava o nome: "a-cau-ã", "a-cau-ã", "a-cau-ã"...

Fabrício percebeu que Miguel olhava a cena com olhos arregalados.

"O que há?"

Miguel apontou o dedo indicador para o tronco.

"Dizem que acauã, quando canta em pé-de-pau seco, é porque algo ruim vai acontecer."

Fabrício riu.

"É só uma superstição".

"Sim. Só uma superstição."

Fabrício pensou ter visto nele o mesmo olhar estranho que vira no quintal.

Então um dos gaviões voou, fez um semicírculo e desceu em investida: outra cobra-preta aparecera no barro seco. Capturou o réptil com as garras e voltou para o tronco. Assim que pousou, outro levantou voo, fez outro semicírculo e investiu: capturou outra cobra que aparecera e voltou para o tronco. Em seguida, outro fez o mesmo; e outro, e outro, enquanto as cobras apareciam no barro como se houvesse uma colônia delas sob o solo. Finalmente, o décimo acauã pousou, carregando a última cobra que aparecera.

XI

Fabrício não tem ideia de como veio parar em uma mansão de dois pavimentos e dezenas de portas e janelas. Ainda mais vestido em um smoking. Tenta lembrar o que aconteceu enquanto percorre um jardim de sebes, com uma fonte de água no centro do pátio e, a seu lado, observando-o, um jacaré com uma coruja pousada sobre ele. À sua frente, um lobo de pelo escuro passa correndo.

Fabrício deveria estranhar a presença desses animais. Mas não o faz. Em frente à entrada principal, desvia-se das carruagens estacionadas na frente, de onde saem homens de smoking e mulheres de vestido de gala, luvas e joias. Já alcança a porta quando o barulho das carruagens se movimentando desperta sua atenção. Vira-se a tempo de vê-las atravessarem uma névoa alguns metros adiante.

Entra na mansão. No hall, dezenas de convidados se reúnem em torno de uma mesa retangular. Em um palco, uma banda de rock toca, mas o som que sai das caixas é Beethoven. Dezenas de jovens, vestidos casualmente, pulam em frente ao palco.

Fabrício se aproxima da mesa sobre a qual o jantar está servido: faisão, peras, coelho, pães, bolos, licores, batata frita, hambúrguer, chicletes.

Quem está na mesa? Fabrício conhece todos: Rodrigo, seu ex-chefe; Mauro, seu melhor amigo na faculdade; padre Álvaro; e tantos outros — é como se todo seu passado estivesse sentado ali. Uma garota em especial chama a atenção dele. Tem cabelos compridos, corpo de falsa magra, veste calça jeans e blusinha. Isabela... Ele olha para ela, mas é ignorado: ela circula, sorri para todos, conversa com todos, sem dar nenhuma atenção a ele. Quando ela passa perto dele, Fabrício a segura pela mão. Ela se desvencilha. Fabrício grita por ela, que não parece escutar (ou finge que não). Ele caminha até ela, que está de costas. Cutuca-a no ombro. Ela se vira e não é mais Isabela; é Lúcia.

"Por que você não fica, Fabrício?"

Ele hesita. Gagueja algo. A mãe não parece escutar. Ela caminha rumo ao palco, some na plateia.

Fabrício se senta à mesa. Nem bem o faz e o faisão, cozido inteiro, ergue-se da bandeja em um salto e fala diretamente com ele:

"Vá embora. Vá enquanto pode."

Fabrício pula da cadeira. Olha ao redor. Todos continuam comendo, bebendo, conversando, como se nada ocorresse, como se não houvesse um faisão vivo, ali, sobre a mesa.

"É perigoso", diz a ave. "Fuja".

Ele tenta falar, mas as palavras não saem. O faisão pula de volta para a bandeja. Nem bem fica inerte e um convidado já enfia nele um garfo, a faca na outra mão já preparada para o corte.

Fabrício se afasta da mesa, as pernas bamboleantes. Vira-se e sai correndo. Passa pela porta. Pisa no jardim, que não é mais um jardim. É uma área de camping, com chalés, mas cercada de pântanos e de árvores altas. Mariposas voam ao redor de Fabrício. Uma delas passa rente ao rosto dele e para a sua frente, planando. Fabrício se assusta ao ver que a criatura tem corpo de mariposa, mas cabeça de morcego. E seus olhos o fitam. Então, a criatura alça voo, some na escuridão.

Começa a chover.

Fabrício escuta barulho de gritos: ao longe, alguém está matando os hóspedes a tiros, chalé por chalé. As residências estão na penumbra e a cada tiro um clarão é visto pelas janelas. Fabrício aguça a vista para ver quem está atirando. Descortina um vulto grande e veloz que se aproxima, entrando e saindo dos chalés... Gritos assim que ele entra, silêncio quando ele sai... Entrando e saindo, entrando e saindo... até parar em frente a Fabrício.

Ele se vira e corre para dentro do que era a mansão, mas que agora é uma oca indígena. Ele vai até a parede de palha oposta à entrada. Encurralado, vira-se. O vulto despedaça inteiramente a oca, cujos pedaços são levados pelo vento. Indiscernível no escuro, ele se aproxima lentamente de Fabrício.

Então, o luar aparece clareando o vulto, revelando-o como o pai de Fabrício. Agora estão na fazenda, um de frente para o outro na sala da casa-grande, uma luz fraca no teto e lá fora uma chuva com relâmpagos... É a mesma noite de cinco anos atrás...

"Tu não é mais meu filho."

"Fabrício, que há?"

Ele acordou sôfrego. Viu-se em uma rede armada no alpendre. Sentado no peitoril, Getúlio segurava uma garrafa de cerveja.

"Você gritava."

Fabrício coçou a nuca. A mão voltou suada.

"Eu tive um pesadelo."

"Com o quê?"

"Com... nada... Quer dizer, não me recordo."

Ele se aprumou na rede e olhou ao redor. Não havia ninguém. As mesas e cadeiras usadas no churrasco estavam empilhadas perto da cerca do açude. O motor troava. Lâmpadas penduradas por fios presos às árvores e às vigas do alpendre iluminavam o terreiro.

"Que horas são?"

"Umas dez. Você dormiu pesado depois que voltou com o Miguel."

"E mamãe?"

"Dormindo."

"Bem... Estou sem sono agora."

Ele fez menção de se levantar, mas Getúlio o deteve erguendo a mão livre.

"Fabrício, eu... tenho que falar contigo."

Pelos olhos vermelhos, Fabrício sabia que Getúlio estava embriagado. Quando ele estava assim, não falava com seriedade sobre nenhum assunto. Mas havia algo no tom de voz dele que imobilizou Fabrício de imediato.

"O que há, Getúlio?"

"É sobre a mãe."

"O que tem ela?"

Getúlio bebeu do gargalo, em um gole, o restante da cerveja. Deixou a garrafa vazia sobre o peitoril. Curvou-se na direção de Fabrício:

"Mamãe... tá doente."

Fabrício arregalou os olhos.

"Doente? De quê?"

Getúlio fitou-o por alguns segundos, em silêncio.

"Getúlio, o que mamãe tem?"

Getúlio baixou os olhos. A voz saiu em um sussurro.

"Câncer."

Fabrício sentiu a respiração falhar.

"Desde... desde quando?"

"Ela descobriu no começo do ano. Num exame de rotina."

"E... qual está sendo o tratamento?"

Getúlio inspirou e, após alguns segundos, soltou o ar. Apoiou as mãos na aba da rede e aproximou o rosto ao de Fabrício. Começou a lacrimejar.

"Os médicos fizeram tratamento com radiação. Não adiantou. Ela descobriu muito tarde. Ela vai morrer, Fabrício; mamãe vai morrer..."

Fabrício sentia os lábios trêmulos. De relance, vieram-lhe perguntas (*que tipo de câncer? quanto tempo ela tem?*), mas não conseguiu fazer nenhuma.

Getúlio continuou, a voz agora embargada:

"Não vai embora. Fica. Mamãe precisa de ti. Só até..." — ele engasgou, o rosto contorcido em uma careta — "... até terminar. Aí você faz o que quiser. Fica, Fabrício..."

Fabrício ouvia a voz do irmão ao longe, como em um sonho. Sem saber por quê, lembrou-se do que dissera a Miguel mais cedo: sei para o que não fui feito.

Sim, não fora feito para aquela vida. Nascera ali, crescera ali, mas não pertencia àquilo. Não pretendia ficar, não ia ficar, não queria ficar.

Vou ficar aqui umas duas semanas, talvez três. Então volto.

Não pretendia ficar, não ia ficar, não era talhado para aquilo; seu pai sempre pedia pra Getúlio fazer as tarefas, ele dizia que tu não sabe fazer isso, é lesado, preguiçoso, sim, onde Getúlio estava com a cabeça pedindo que ele ficasse? Ia ficar ali duas semanas, talvez três, ele não queria ficar, não queria, quero ter uma carreira, pai, morar em uma grande cidade, conhecer o novo, o diferente, como assim, como assim tu quer ir pra cidade? Ir embora, deixar as terras onde nossa família vive tem tanto tempo, me largar, largar tua mãe, deixa de falar besteira, em São Paulo tu vai ser um ninguém, vai voltar pra cá pedindo comida que nem cachorro que passa a noite fora... Tu não é mais meu filho...

Todos esses pensamentos duraram menos do que o tempo para que Fabrício segurasse o rosto de Getúlio entre as mãos e dissesse, a voz também embargada:

"Eu fico, Getúlio. Eu fico."

Abraçaram-se.

"E foi assim que ganhei essa cicatriz."

Honório Fonseca arregaçou a manga, deixando à mostra o antebraço direito, onde se via uma cicatriz do pulso até a junta do cotovelo. As duas crianças, sentadas sobre almofadas no chão ladrilhado, arregalaram os olhos.

"O senhor não teve medo da onça, vô?"

"Medo?" Honório gargalhou, batendo duas vezes a palma das mãos nos joelhos. "Sabem por que essa região se chama Baixio da Onça?" Como os garotos meneassem em negativo com a cabeça, ele continuou: "Quando o Rio Agreste sangra, toda essa região alaga. Antigamente as onças vinham beber água aqui. Eu e os outros fazendeiros seguíamos os *rastos*, dia e noite, na caça delas. Nenhum de nós tinha medo."

"Mas não é errado matar os animais, vô?"

Honório sacudiu a cabeça em negativa. "Conversa. As onças comiam o gado. Todo fazendeiro tem direito de proteger seu gado e sua terra. Se bem que hoje não; hoje, o governo chega, toma a terra do fazendeiro e dá pra quem nunca viu um bode."

"Reclamando dos sem-terra de novo, pai?"

A moça que falava vinha da cozinha. Enxugava as mãos em um pano de prato, o cabelo castanho-claro em um rabo de cavalo.

"Hora de dormir, meninos."

Os garotos protestaram, mas, como a mãe se mantivesse firme, levantaram-se e foram para a ala onde ficavam os quartos.

"Vou dormir também", disse a moça, alisando a cabeça de Honório. "Não fica acordado até tarde, pai."

"Não quero dormir agora, Letícia. Tô passando mal, comi muita carne no churrasco."

"Como sempre." Ela se afastou e arrumou a toalha da mesa de refeições. Pôs o saleiro e a pimenteira em um dos cantos da mesa. "E Fabrício, como está?"

"Quase não vi ele. Ficou meio que escondido dentro da casa."

Ela riu.

"Típico."

"É, aquele rapaz sempre foi arriliado. Lembro dele sempre com um livro debaixo do sovaco."

"Ler não faz de ninguém um esquisito, pai. Foi lendo que virei advogada."

"Bota um letrado pra capar um porco. Há de ver no que dá."

"Vou passar na fazenda amanhã pra ver ele. Faz tanto tempo. Ele nem deve lembrar de mim."

"Claro que lembra. Você, ele, Getúlio e Isabela cresceram juntos."

Ele se recostou no espaldar da cadeira de balanço, que reclinou para trás. Gemeu. Letícia se aproximou e tocou o ombro dele.

"Quer um chá de folha de ata? Quer? Peraí que vou fazer" — e voltou para a cozinha.

Honório começou a se balançar na cadeira. Sorriu. Letícia ficaria por ali até o fim do mês, de férias. Toda vez que a via, lembrava-se de Marília. Elas eram tão parecidas — os cabelos, os olhos, o temperamento...

O sorriso se desfez aos poucos, enquanto ele reparava, à frente, sobre uma escrivaninha rente à parede, em uma foto emoldurada por um porta-retratos. Na fotografia, tirada no dia do casamento, ele e Marília apareciam defronte a uma árvore. Ao redor, outras molduras, com fotos dele e de Marília, dos dois com Letícia e dos três com os netos.

Ele fechou os olhos. Começou a recordar: o namoro, nos primeiros anos da fazenda; o casamento; o nascimento de Letícia, em seguida o dos netos; as dificuldades, nos últimos dez anos, para manter a fazenda. Marília sempre esteve com ele... até o fim... mesmo quando...

O que essa mulher está dizendo... que vocês fizeram... é verdade? É?
Não, mulher. É maledicência.

Ela terminou acreditando... Ela e toda a cidade... e principalmente o juiz...

Por que pensava nisso agora? Devia de se preocupar com o presente. Tinha rejeitado a proposta de Isabela, muito porque Getúlio insistira com ele. Agora achava que talvez tivesse cometido um erro. De todos ali, só Zé das Carnes tinha dinheiro de verdade. Ele e os outros tinham terras, a perder de vista. Mas de que valia isso sem dinheiro pra máquinas, fertilizantes, veterinário?

Ele abriu os olhos quando o cachorro entrou na casa em um pulo e se escondeu debaixo de uma cadeira, ganindo. Pelos eriçados, as patas trêmulas, o focinho contraído.

"Que há?"

Aprumou-se na cadeira e olhou através da janela, à direita. Viu de relance um vulto descendo pelo barranco, rumo ao baixio.

Honório se ergueu da cadeira. Foi até a escrivaninha, acima da qual, pendurada a um armador na parede, em uma bandoleira, havia uma espingarda do tipo puxa-fieira. Abriu o primeiro gavetim do móvel e retirou de lá uma caixinha de madeira e um estojo de cartucho espoletado.

Retirando o material da caixinha, preencheu rapidamente o estojo com pólvora e bucha, socando-as então com um soquete fino e comprido. Em seguida, colocou chumbo. Retirou a espingarda do armador e, apoiando-a sobre a escrivaninha pela soleira, colocou o cartucho na câmara pela boca do cano, soqueteando-o então de novo. Colocou a bandoleira a tiracolo, uma das mãos na coronha da espingarda e outra na telha.

Letícia aparecia com a xícara de chá. Tremeu o pires ao ver o pai armado.

"O que foi?"

"Tem alguém lá fora."

"Quem?"

"Não sei. Deve ser sem-terra querendo roubar galinha."

Ela colocou a xícara sobre a mesa e tocou os cotovelos dele com as pontas dos dedos.

"Pai, não faz besteira. Essa espingarda..."

"É pra assustar. Senão vão vir aqui toda noite pra roubar".

Ela pareceu que ia falar, mas se limitou a sacudir a cabeça em contrariedade.

Honório saiu, fechando a porta atrás de si. Caminhou para a direita até a ribanceira.

A casa ficava no cume de um monte arrodeado por uma depressão, o baixio. Honório seguiu por um atalho escavado que suavizava a descida pela ribanceira íngreme. A lua clareava toda a área e ele enxergava sem dificuldade.

Enquanto descia, evitava pensar no cachorro. No que o teria assustado daquela maneira.

Ao chegar embaixo, parou. Naquele período de seca, o solo no baixio consistia em barro endurecido, em cuja superfície o luar resplandecia, iluminando as rachaduras naturais que davam à depressão a aparência de um quebra-cabeças mal encaixado. O terreno fendido se estendia por cerca de um quilômetro quando, então, dava lugar a um matagal.

Honório procurou por algo. Não viu nada. Continuou. Mesmo de sandálias, não teve dificuldade em caminhar rapidamente pelo barro seco.

Parou às margens da mata. Entreviu, através dos arbustos, luzes amarelas bruxuleantes. Fogueiras. Sabia de onde vinham. O acampamento dos sem--terra ficava à esquerda, em um descampado depois da mata.

Aguçou os ouvidos e olhou ao redor. Nada. Do mato só vinha o pio de uma coruja. O sem-terra devia ter voltado para a proteção dos seus. Amanhã daria queixa ao delegado. Sentia frio, queria voltar para casa, tomar o chá que Letícia preparara.

Já começava a se virar quando ouviu um farfalho. Detendo-se, voltou--se para a mata. Ouviu de novo... Sim, algo caminhava sobre as folhas... ali, logo à sua frente, dentro do mato, em meio a garranchos e sombras que se mesclavam, tornando-se indiscerníveis. O sem-terra...

Com a espingarda apoiada no ombro direito pela soleira, mirou na direção de onde vinha o ruído. Engatilhou a arma. Esperou.

Não pretendia matar o sem-terra; não queria problemas com o delegado. Mas daria a ele um bom susto.

O som ficava cada vez mais alto. Pela alça de mira via que algo se aproximava por dentro do matagal.

Enquanto aguardava, a arma apontada, lembrou-se por um breve momento da época em que os fazendeiros davam caça às onças. Sentiu o mesmo súbito vigor de juventude, como se miraculosamente tivesse voltado para aqueles tempos, quando não havia sem-terra, ninguém falava de reforma agrária e os fazendeiros eram as únicas autoridades de fato.

Quando viu que o sem-terra estava próximo o suficiente, mirou a arma para cima, em um ângulo de 30 graus, e apertou o gatilho. O chumbo se espraiou pelas copas dos arbustos. Em meio à fumaça que saía pela culatra, Honório viu a mata se agitando para, então, parar. Sorriu.

"Esse não volta tão cedo. Vai se mijar até amanhã."

Virou-se.

Nem dera dois passos quando ouviu de novo um farfalhar. A sua esquerda. Assim que ele se virou, o som parou. Recomeçou três segundos depois à direita, parando em seguida. Então recomeçou, à esquerda.

O sem-terra parecia correr de um lado para outro. Assustara o desgraçado mais do que pensava.

"Não precisa disso" — gritou. "Foi um tiro pra cima. Vá pra casa."

Então o mato parou de se mexer, como que obedecendo ao comando.

Honório se virou e começou a andar rumo à casa. Suas sandálias resvalavam no barro, em um som arrastado, ritmado. A agitação acabara com seu enjoo. Mostrara ao sem-terra quem mandava; quando o fato se espalhasse entre os outros assentados, nenhum apareceria mais por ali.

Na beirada da ribanceira, Letícia soltou a respiração, aliviada. Seu pai voltava. Correra para fora assim que ouvira o tiro. Agora via ele caminhando sobre o barro seco, a passos rápidos. Dentro em pouco chegaria. Torcia para que ele não tivesse feito besteira. Ele ainda estava marcado pela morte de mamãe; tentava esconder, mas era visível. Mas agora o via, caminhando, aprumado, seguro... Mas espere aí, o que era aquilo?... Atrás dele... algo atrás dele... um vulto....

Honório *sentiu* antes de ouvir... a cada passo seu, como que outro... *plec, plec, plec...* Como um eco que prolongasse cada passo dele... *plec, plec, plec...* alguém o estava seguindo? O sem-terra o seguia procurando vingança? Fosse isso, levaria peia já, já... Sim, a espingarda só tinha um tiro e ele estava sem cartucho, mas ele ainda poderia usá-la como arma branca... Se o sem--terra pensava em machucar ele, que se preparasse para as coronhadas...

Fosse assim, se estava tão seguro, se tinha uma espingarda, se estava pronto a reagir, por que evitava olhar para o solo, onde relanceava com o canto do olho esquerdo uma sombra, crescendo aos poucos, mesclando-se à sua? Por que sentia o enjoo no estômago voltando? Por que suas pernas de repente começavam a fraquejar, enquanto os passos atrás dele, *plec, plec, plec,* pareciam se adiantar aos seus, ficando cada vez mais próximos? *PLEC, PLEC, PLEC*. Por que evitava olhar para aquela sombra (que crescia cada vez mais) e saber de fato quem (*ou o quê?*) estava logo ali, atrás dele?

De repente, Honório ouviu uma respiração a suas costas. Parou, retesando-se.

Os passos que o seguiam pararam também.

Tentou caminhar de novo. Não conseguia mover as pernas, que tremiam, os joelhos batendo um no outro.

Sem saber por quê, pôs-se a pensar em Marília. Lembrou-se da esposa na cama do hospital, devastada pela lepra, os globos oculares ressaltados no rosto emagrecido, a pele ressecada, os cabelos quase todos já caídos. Como ele tinha tido coragem de fazer aquilo? Naquela noite, há tanto tempo atrás? Será que Deus o perdoaria? Será que a esposa o tinha perdoado, onde quer que estivesse agora?

Voltou à realidade quando ouviu a retomada dos passos atrás de si. À esquerda, vislumbrava a sombra se mesclando cada vez mais à sua, mas era impossível discernir o que era. Ouvia os passos, cada vez mais próximos, a que se juntavam o som do chirrio de uma cigarra e o arrulho de uma juriti. Ao longe, um cachorro latia. Suas pernas fraquejaram. Suor escorria de seu rosto até o pescoço, dando a ele calafrios.

Em um ímpeto,

(*Marília, querida, desculpe*)

Honório segurou a espingarda pelo cano com as duas mãos e girou o corpo.

A coronha atingiu o vazio. O impulso o fez cambalear. Mal se aprumara quando alguém — ou algo — cortou sua garganta. Largou a espingarda e apalpou o pescoço. Sangue quente começou a jorrar de sua jugular. Sua vista ficou turva. Engasgou com uma golfada. Caiu de joelhos. Começou a perder a consciência. Ele caiu de lado, sujando-se no próprio sangue, que se esparramava no solo ao redor dele, escorrendo por entre as fendas do barro rachado.

Sua última lembrança foram os gritos de Letícia, abafados, distantes, como em um sonho.

XIII

Lúcia lutava contra os formigueiros há anos. Mas a saúva era praga resistente. No mercadinho de Santa Fé, seu João jurara que aquele formicida seria eficaz. Como todo comerciante, talvez ele tivesse exagerado nos méritos de seu produto, pensava Lúcia enquanto, usando luvas de velcro, aplicava veneno em um dos dez formigueiros que se localizavam entre a horta e o juremal. Difícil saber. As formigas não pareciam diminuir de quantidade, mas como saber quantas delas existem em um formigueiro?

O formicida consistia em um granulado branco, que ela retirava de um sacolão cinza, despejando-o nos carreiros. As formigas então levavam o veneno para dentro dos formigueiros.

Às vezes, tossia, e nisto sentia uma dor na base da espinha que a vergava. Era difícil se manter ereta quando tossia na presença de Fabrício. E tinha que piscar os olhos duas, três vezes para conter as lágrimas. As náuseas vinham a ela de súbito, acompanhadas de uma ânsia de vômito.

Já havia circundado metade da área de formigueiros quando uma sombra se projetou ao lado dela, sobre a terra avermelhada. Ela sabia quem era antes de parar e virar o rosto.

"Mãe", disse Fabrício, acompanhado de Mandíbula. "Você não devia fazer isso. De pé embaixo desse sol calorento."

Ela deu de ombros e voltou a formicidar.

"Só me resta isso, meu filho. Cuidar da nossa terra."

"Não, mãe. Você precisa cuidar de você agora."

"Eu agradeço a Deus por ainda ter energia pra trabalhar, Fabrício. Podia ser pior. Olhe o que aconteceu com o Honório, coitado."

"Sim. E pensar que ele estava aqui ainda ontem mesmo. O que está acontecendo aqui?"

"Quem sabe?"

"Não é seguro aqui, mãe."

Ficaram em silêncio. Mandíbula observava uma caixa de maribondos dependurada no galho de uma jurema. O juremal ficava na margem do açude mais próxima da casa-grande. Entre ele e a moradia, a horta, onde se plantavam tomates, pimenta-malagueta, pimenta-de-cheiro, cenoura e alface — tudo para consumo na própria fazenda. No descampado que descia para o açude, um cavalo emagrecido mordiscava os arbustos esparsos, à procura das poucas folhas que ainda restavam.

"Mãe, Getúlio... me contou..."

Ela parou com o formicídio. Tirou as luvas, jogando-as no solo, e se virou para Fabrício.

"Ele não devia ter falado".

"Mãe, *você* devia ter me falado."

"Eu ia..." — ela baixou os olhos. "Sabe, foi tão... inesperado."

Ele se aproximou e ergueu o rosto dela, segurando-o pelo queixo.

"A senhora deveria ir pra cidade. Prosseguir no tratamento."

"E ganhar quanto tempo mais? Três meses?" Ela pegou as mãos dele entre as dela. "Tenho o que preciso aqui."

"Então, descanse. Deixe o trabalho pra nós."

"Não. Tenho que cuidar da fazenda. Devo isso a seu pai."

Ele sacudiu a cabeça. "Ninguém deve nada ao passado."

"Eu devo. E você também. Essa terra era tudo pro seu pai. Por causa dela, ele viveu."

"Por causa dela ele se *matou*, mãe."

Ele percebeu que exagerara assim que terminou a frase. Antes mesmo que ela começasse a lacrimejar. O que dera nele? Como pudera dizer isso a sua mãe doente?

"Desculpe, mãe. Eu não quis dizer isso. Não quis..."

Abraçou-a.

ള🙰ൿ

Miguel estava com olheiras, barba por fazer e olhos avermelhados. Em um homem qualquer isso seria falta de sono, desleixo ou ressaca; mas Fabrício o conhecia o suficiente para saber que ele dormia sempre na mesma hora, barbeava-se diariamente, onde quer que estivesse, e nem bebia nem fumava.

"Está tudo bem com você?" — perguntou, sentado em um dos sofás da sala de estar, na casa de Miguel. Viera à cidade comprar mantimentos para a fazenda. "Parece que não dormiu nada."

68

Sentado no outro sofá, Miguel coçou a barba.

"Li até de madrugada".

Fabrício notou alguns livros sobre a mesa: *Geografia dos Mitos Brasileiros*, de Câmara Cascudo; *A Presença Indígena no Nordeste*, de João Pacheco de Oliveira; e *Casa-Grande e Senzala*, de Gilberto Freyre.

"Estou escrevendo um livro sobre as lendas indígenas do Piauí."

"Legal."

Fabrício não fazia ideia de por que alguém teria interesse em estudar um assunto assim.

Miguel apoiou um dos cotovelos no descansa-braço do sofá e perguntou:

"O que você sabe sobre a morte dos índios? Naquela área onde você e os outros garotos brincavam?"

(alguma coisa... me derrubou no chão... mas não tem ninguém aqui, Fabrício... ninguém...)

"Pouco."

Fabrício não queria falar sobre a clareira. Não queria lembrar daquela noite... do eclipse...

"Para os índios", disse Miguel, "aquela parte da terra era sagrada."

"Sagrada?"

"Aquilo antes não era uma clareira. Ao contrário. Lá eles plantavam hortaliças. Como oferenda a algum deus."

"Oferenda?"

"Para os índios, Fabrício, a terra não é apenas algo físico. Cada um que morre deixa algo ali. Cada deus que vem ao mundo também. A terra é como um repositório de energia espiritual."

"Como nos movimentos neopagãos de hoje? Tipo *New Age*?"

"Algo assim."

"Então, quando a terra é profanada..."

"Há um desequilíbrio."

"Eu soube que os bois dos fazendeiros às vezes pastavam ali. Destruíam as hortaliças."

"E os índios os matavam. Os ânimos se exaltaram. Fazendeiros e índios entraram em confronto."

"Os índios foram mortos."

"Massacrados", disse Miguel. "Trinta índios com arco e flecha contra 50 peões armados pelos fazendeiros. Foi um massacre, não um conflito."

"Bem, eu nunca pensei nesses termos."

"Ninguém pensou. A versão que a cidade conta é a dos fazendeiros. E não só sobre isso. Veja o Zé das Carnes, por exemplo. Você já deve ter ouvido a história de como ele enriqueceu."

"O pai dele tinha uma oficina. Depois que ele morreu, Zé das Carnes assumiu e começou a fazer dinheiro."

"Na verdade, ele ganhou dinheiro vendendo pneu velho como se fosse novo. Claro, só fazia isso com os viajantes. Que só descobriam a artimanha muitos quilômetros adiante."

A doméstica, senhora nos seus 50 anos, apareceu com uma bandeja prateada. Deixou na mesa de centro um bule de café, duas xícaras, um açucareiro e uma travessa com petas e fatias de bolo. Então, retirou-se.

"Sabe", disse Miguel, servindo café em duas xícaras, "eu tentei impedir. Era comandante militar aqui. Encaminhei ofícios ao comando do Estado Maior alertando sobre o clima beligerante. Nunca tive resposta e a cadeia de comando me limitava."

Fabrício adoçou o café com açúcar e mexeu o líquido.

"Ainda hoje", disse Miguel, "a versão dos fazendeiros é que eles eram os civilizados contra o inimigo bárbaro."

"Não acho que os fazendeiros sejam os representantes mais indicados da civilização."

"É como eles se viam. Sabe, em algumas noites os índios praticavam rituais... Danças... naquela área... e isso abalava a cidade. Por falar nisso, você ainda é católico?"

Fabrício demorou um segundo para responder.

"Não. Acho que não."

"Bem, uma noite, na missa de domingo, o pároco chamou os índios de demoníacos. Quando marcharam contra eles, os fazendeiros viam a si mesmos como integrantes de uma nova cruzada pelo cristianismo."

"Ou simplesmente queriam pasto pro gado."

"Isso é o mais curioso. No ano seguinte, uma seca, a maior em muitos anos, dizimou a maior parte das cabeças de gado. Os fazendeiros só não quebraram porque naquele tempo o crédito era fácil."

Fabrício riu.

"Maldição?"

Miguel permaneceu sério. Curvou-se para frente.

"Fabrício, alguma coisa está acontecendo. Alguns meses atrás, cinco adolescentes estupraram uma garota de doze anos em um bairro aqui perto. Queimaram o corpo dela com ácido. Isso sem falar nos homicídios, furtos... O tipo de coisa que não acontecia por aqui até há pouco. Por favor, me prometa algo."

"O quê?"

"Não esqueça de fechar as portas e as janelas à noite."

⁑

"Dois fazendeiros mortos", disse Getúlio. "E ninguém dá fé do Gregório. O que tá passando?"

"Ora, o que você cogita?" Quem falava era um homem de cerca de 1,90 m e rosto branco-avermelhado. "O governo transige com a invasão de terras. Por esse modo, ampara a anarquia. Disto para a ocorrência de transgressões é uma progressão esperada."

"Sim", disse Zé das Carnes. "Isso foi coisa de sem-terra."

"Só que o delegado não se mexe", disse Getúlio. "Tem sem-terra até com arma e ele não faz nada; diz que é com os federais."

"Quer dizer, a própria autoridade policial endossa a anarquia", disse o de rosto avermelhado, que se chamava Otávio Rebouças.

Na roda, sem prestar atenção à conversa, em meio a marrecas que perambulavam, vez ou outra se refrescando do sol da manhã em um chafariz de três bicas, Fabrício olhava ora para a copa das árvores, visíveis lá fora por sobre o muro do quintalejo, ora para uma pequena horta em um cercado de ripas, ora para a janela da sala de estar anexa, onde continuava o velório de Honório Fonseca. O corpo estava dentro de um caixão de madeira escura, ornamentado com flores e adornos e amparado sobre uma mesa retangular.

Fabrício só pensava na mãe. Ele a via na sala, ao lado do caixão, conversando com Letícia. Vez por outra ela tossia, e a palavra vinha a Fabrício acompanhada de um calafrio: câncer. Lacrimejou, baixando os olhos para que os outros não vissem.

Quando os ergueu de novo, secos, viu que Letícia se achegara ao peitoril de uma das janelas, as mãos sobre o parapeito. Não a via há anos.

Letícia contemplou o quintal por alguns segundos e saiu pelo corredor, rumo ao terreiro. Sem falar com os demais, Fabrício atravessou a portinhola que levava ao corredor e a seguiu.

No pátio, Letícia se recostou em uma cacimba, as duas mãos de revés sobre a borda. À frente dela, o baixio. Uma aragem soprou, remexendo seu vestido preto e criando no terreiro um pé de vento em que poeira, gravetos e folhas redemoinhavam. Sobre a borda, um pato negro mergulhava a cabeça na água seguidas vezes, tirando-a e sacudindo-a, esparramando o líquido. Adiante, após o baixio, os últimos raios do sol poente, vermelho-alaranjados, sumiam na mata, onde se via em uma clareira o acampamento dos sem-terra.

Letícia virou o rosto na direção de Fabrício, que parara sobre o umbral da porta. Encarou-o por um segundo, deu um meio sorriso e passou a contemplar a paisagem. Fabrício se aproximou. Assim que chegou perto, ela cruzou os braços e baixou o rosto, escavacando a terra com a ponta de uma das sandálias. Então, disse, sem se virar para ele:

"Eles rezam, choram, dão pêsames. Como se realmente se importassem."

"Eles se importam, Letícia. O delegado inclusive providenciou o exame de óbito em uma manhã, para que o velório pudesse acontecer agora."

Ela ergueu o rosto e o fitou. Olhos vermelhos, arrodeados por olheiras.

"Não, não se importam. Só querem saber do seu mundo mesquinho, com seus valores tacanhos."

"Era o mundo do seu pai."

"Só porque ele nunca conheceu outro."

Ela desencostou da cacimba e se retesou à frente dele.

"Por que você voltou?"

"Eu... não sei direito."

Ela riu.

"Sempre confuso."

Séria de novo, virou-se para a paisagem, cruzando os braços.

"Ontem à noite... eu vi alguma coisa..."

"Como assim?"

"Vi alguém — alguma coisa — atacando papai. Um... vulto."

"Vulto? De uma pessoa?"

"Não consegui ver o que era. Mas... não era humano."

Fabrício deu um passo à frente, sério.

"Não era... humano?"

Ela se virou para ele.

"O jeito como se movia... A rapidez com que correu pra mata quando eu cheguei perto... era como uma sombra... como uma... entidade."

"Entidade? Letícia, você tem noção do que está falando?"

"Na verdade, não."

Ela avistou algo por sobre o ombro dele. Descruzou os braços.

"Olha, o quer que estivesse lá ontem ainda está por aí. Então se cuide, ok? Eu vou embora amanhã, depois do enterro". Ela andou na direção da casa, tocando suavemente no ombro de Fabrício enquanto passava ao lado dele.

Na porta, os dois filhos a esperavam, em silêncio.

Fabrício, que a acompanhara com o olhar, virou-se e contemplou o baixio. O sol já se pusera. Sua luz, agora, apenas um resíduo alaranjando no firmamento, por onde avançava pouco a pouco um lume acinzentado, prenunciando a noite.

Fabrício se lembrou do que Miguel dissera:

Não esqueça de fechar as portas e janelas à noite.

A casa de Zé das Carnes ainda era como Fabrício se lembrava: dois andares, com uma varanda e os quartos no segundo, paredes alaranjadas e arrodeadas por um jardim vigiado por dois cães *rottweilers*.

Na sala de jantar, à mesa, o próprio Zé das Carnes na cabeceira, Solange e Fabrício à esquerda dele e Otávio Rebouças à direita. A refeição incluía arroz de capote, feijão de corda, macarrão e carne de porco assada. Para beber, cachaça e refrigerante. Uma doméstica repunha regularmente as porções em travessas de prata.

A sala era iluminada por lâmpadas elétricas. Era uma das poucas casas da área rural a ter energia elétrica diretamente da rede pública. Getúlio dissera a Fabrício que os postes haviam chegado até ali por favor do governador a Zé das Carnes.

O anfitrião contava a Fabrício a velha história de como enriquecera.

"A oficina rendia, mas comecei a ganhar dinheiro pra valer foi com um açougue. Naquele tempo, quem fazia o abate eram os fazendeiros mesmo. Fiz acordo com um deles: eu comprava carne acima do preço e ele me garantia tantos quilos por ano."

Ele tomou uma dose da aguardente.

"Assim, eu tinha um estoque regular de carne. Nenhum outro açougue tinha um naquele tempo. Comecei a criar gado. Vendia a carne no meu açougue, cortando o atravessador. Fiz poupança. Sabe o que decidi então, Fabrício?"

"O quê?"

"Que não terminaria minha vida como meu pai: dono de uma oficina, tirando uns trocados que só dava, e mal, pra feira do mês. Sabe, todo filho tem que ir mais longe que o pai, Fabrício. Todo."

Ele riu e reabasteceu o prato com macarrão.

Fabrício pensava no quanto a atitude de Zé das Carnes se parecia com a dos demais fazendeiros. Quando criança, ele não notava isso, mas agora percebia: poder, dinheiro e *status* eram o que motivava aquela elite agrária. Do mesmo modo que os clientes com os quais lidava na agência. E tinha que reconhecer: aqueles homens sabiam o que queriam. E ele?

Otávio falava algo sobre os assassinatos. Fabrício não prestava atenção. Só pensava em sair dali, daquela mesa, daquela terra. Qual o sentido de ficar ali esperando sua mãe morrer? E aqueles assassinatos então... E se ele, ou Getúlio, ou a mãe fossem as próximas vítimas? Por que o irmão insistia em permanecer ali?

"A situação está tensa entre os residentes", dizia Otávio.

"Hoje", disse Solange, "andando de bicicleta, vi cruzes pintadas nas portas".

"Cruzes?" — perguntou Zé.

"Pra espantar o mal, vô."

"Não se recorda, Zé?" — perguntou Otávio. "Antigamente, toda moradia nos arredores tinha uma cruz na porta. Resquícios de uma época mais supersticiosa."

"Bem", Zé das Carnes comeu um pedaço de carne. "Não tenho cruz na porta. Tenho é dois cachorros dos bons. Que venha quem vier."

Fabrício permaneceu calado até o fim do jantar.

ജ⊙ങ

Fabrício e Solange se beijavam de pé junto à cerca de pau a pique, no canto do quintal mais distante da casa-grande, encobertos pelo escuro e por uma mini-horta que ocupava cerca de um terço da área. O vento começava a ficar forte. O céu relampejava.

Fabrício sabia que não tinha muito tempo. Zé das Carnes estava no alpendre, do outro lado da casa, sentado, conversando com Otávio. É claro que o velho sabia o que Fabrício e Solange estavam fazendo ali no escuro; não deixaria que aquilo durasse muito; em poucos minutos, apareceria na porta do quintal para dizer a Solange que ela fosse dormir, por conta do horário.

Então, Fabrício tratava de aproveitar. Beijava Solange com força, chegando a machucar os lábios dela... Tocava seus seios, seus quadris, seu bumbum... Colocava a mão por baixo da saia dela, entre as pernas...

Ela se ajoelhou à frente dele, sofregamente. Desatava o nó do cordão da bermuda dele quando ele segurou as mãos dela entre as suas:

"Solange..."

"Que há?" Ela desvencilhou as mãos e voltou a desatar o cordão. "Deixa eu fazer. Você vai gostar."

Ela tentou baixar a bermuda dele, mas ele segurou a roupa na cintura.

"É melhor não... Seu avô está na casa..."

"Eu faço rápido." Ela tentava baixar a bermuda dele, mas sempre que conseguia um pouco ele a erguia de novo. Na terceira vez, ela se ergueu: "O que você é? Um padre?"

"Não é o momento, só isso."

Ela o fitou por alguns instantes. Então sacudiu a cabeça e caminhou rumo à casa. Fabrício a chamou, mas ela o ignorou.

Ele se virou na direção da cerca, chutando-a. Tolo. Por que não deixara ela fazer? Por que era tão difícil para ele simplesmente aproveitar o momento?

ହେଠ

"(...) castigo divino."

Fabrício reconheceu a voz de Otávio no alpendre. Ele parou na sala às escuras e passou a escutar a conversa dos dois homens. Algo dizia a ele para se manter ali, escondido.

"Castigo divino?" — perguntou Zé das Carnes, o charuto na mão. "Como assim, o que tá acontecendo é castigo de Deus?"

"Durantes anos" — disse Otávio — "nós agimos como se esta terra pertencesse a nós. Elegemos os políticos, tomamos dinheiro público emprestado praticamente a fundo perdido, nunca nos preocupamos com os direitos trabalhistas dos peões. Talvez tenha chegado o tempo de pagarmos por isso."

Zé grunhiu:

"Conversa".

"O tempo passou, Zé. Hoje os filhos dos peões cursam universidade na Capital. E mesmo os que ficam sabem ler e escrever, porque hoje há escolas em quase todo o interior. Os jovens daqui não têm mais aquele respeito pelos fazendeiros que os pais deles tinham. Os políticos só continuam a nos prestigiar porque vivem no passado. Como nós."

"Não fosse pela gente", disse Zé das Carnes, "o povo não teria emprego, nem estrada boa. Não fosse pela gente o governador não teria construído a ponte que atravessa o rio. Lembra como era antes? Quando o rio enchia, ninguém conseguia ir pra cidade. A gente não tá em débito com Deus, Otávio."

"E o que aconteceu naquela noite? Com aquela moça?"

Zé apontou o charuto para ele.

75

"Não fala disso aqui em casa. Não fala disso perto da minha neta. Nunca."

Otávio ergueu a mão aberta.

"Calma, Zé. O que desejo pontuar é que..."

Hesitou. Então, entrelaçando as mãos sobre o joelho, as pernas cruzadas, continuou:

"Zé, eu andei pensando. A ligação mais aparente entre Paulo, Gregório e Honório é a de que todos eram fazendeiros. A conclusão lógica a se tirar disso era que o criminoso agia com o objetivo de atingir ou reivindicar a propriedade, real ou simbolicamente. Daí que os sem-terra fossem os primeiros suspeitos."

"Suspeitos? Foram eles, Otávio."

"No entanto, há algo mais que liga os três. Aquilo que aconteceu... na mesma noite do massacre indígena..."

"Eu disse que ninguém fala—"

"Eu conheço o mal, Zé. Todo juiz conhece. E eu sinto que ele está por aqui... à espreita..."

Zé riu.

"Procurando pelo quê?"

"Não sei..."

Ficaram em silêncio.

Fabrício tossiu alto o suficiente para que eles o ouvissem e saiu para o alpendre. Depois de se despedir rapidamente, entrou na caminhonete e partiu.

ൠ

A meio caminho de casa, Fabrício parou à margem da estrada, próximo à cerca de ripa da fazenda Riacho Azul. Desligou o motor e os faróis e se recostou no assento. O vento frio penetrava pela fresta da janela semiaberta.

Sabia do que os dois fazendeiros falavam ao se referirem a um incidente com uma moça. E também sabia que nenhum jornal no Piauí tinha noticiado o fato na época. Ainda se lembrava da mãe, chorando, junto a ele e Getúlio, então crianças:

"*Vocês têm que ser fortes. Essa coisa horrível que estão falando que seu pai e os outros fizeram. É mentira.*"

Ninguém nunca dissera realmente a Fabrício do que o pai e os demais eram acusados. Descobrira por trechos de conversas interrompidas assim que ele chegava ou por escutar, escondido, a mãe conversando com as amigas ou mesmo discutindo com o pai.

Uma noite ele ouvira a palavra: *estupro*.

Na caminhonete, os olhos dele lacrimejaram. Lembrou-se do pai: emagrecido pela perda de apetite, bebendo todo dia até de madrugada, descuidando-se cada vez mais da fazenda, tornando-se cada vez mais irascível. Finalmente, aquela ligação da mãe, em uma noite fria em São Paulo:

"Fabrício, seu pai... Seu pai se matou..."

Agora, ali na caminhonete, o vento sacudindo a copa das árvores ao redor, ele se envergonhava. Não por ter ido embora dali, não por ter faltado ao enterro; mas porque, ao saber da morte do pai, sentira alívio; sim, *alívio*, como se estivesse no deserto em suas últimas forças e um peso que o impedisse de andar fosse removido de suas pernas, deixando-o livre para atingir o oásis adiante e, abastecido, renovado, prosseguir na vida como se tivera acabado de nascer.

Queria conversar com alguém. Mas quem o entenderia naquele interior?

Isabela.

Sim. Isabela o entenderia. Ela sempre o entendera.

Mas não havia ninguém acordado na casa-grande: as luzes estavam apagadas.

Tentou rezar. Nos primeiros trechos do "Pai-Nosso", percebeu que se esquecera da oração. Tentou se lembrar de outra, mas não conseguiu. Tinha sido o melhor aluno de sua turma no colégio dos padres e o Catecismo fora sua matéria preferida; chegara a ser coroinha. O que restava disso? Somente o princípio do pecado, a culpa, a sensação de uma autoridade maior que o observava, que o regrava, pronta a puni-lo ao menor deslize. Sim, o catolicismo não o salvara; apenas o mergulhara em si mesmo, e só agora, enquanto os relâmpagos se sucediam, percebia o quão solitário era, sem pertencer a nenhum outro mundo que não o de sua própria interioridade.

Começou a chorar, a testa apoiada ao volante e as mãos sobre o painel.

Os primeiros pingos d'água começaram a cair sobre o para-brisa. Em segundos, a tormenta desabava.

☮⁗☯

Enquanto bebia leite de um copo, Getúlio, sem blusa, de pé no alpendre, pensava no pesadelo que acabara de ter.

Estava em um navio, à noite, sob uma tempestade. As águas caíam forte e a embarcação se agitava sobre as ondas. Getúlio tentava se manter de pé, mas uma onda atingia o navio e ele caía, machucando o tornozelo. Quando conseguia se levantar, percebia que no convés havia dezenas de passageiros... mortos... mutilados, gargantas cortadas...

Via-se então em uma sala de aula... cadeiras em semicírculo... ao centro, uma mesa com algo em cima... um cadáver. Parecia o de um idoso, a

77

pele seca, repuxada. Ao redor, um grupo de homens, vestindo jalecos brancos e portando bisturis, começava a cortar o cadáver, abrindo-lhe o estômago... de dentro, saíam pontos pretos que começavam a voar... moscas... centenas... sujas de fezes e sangue... espalhando-se pelo salão, exalando cheiro de carniça...

Ele acordara suado.

Era a primeira vez em anos que tinha um pesadelo.

A chuva criara poças no terreiro. Getúlio não as via devido à escuridão, mas sabia que estavam ali: ouvia o som característico da água caindo sobre elas: *ploc, ploc, ploc...* Sendo que a chuva era tão forte que o som era mais contínuo: *plocplocplocploc...*

Não deveria chover nesta época, ele pensou.

(Nunca chove nesta época)

Lembrou-se da aula de Catecismo. Do dia em que aprendera sobre o assassinato dos primogênitos do Egito pelos emissários de Deus. Criança então, ficara chocado com o Deus vingativo que punia com a morte os que agiam contra Seus escolhidos.

Por que pensava nisso? Esquecera toda essa história de religião depois que virara adulto. Aprendera então que não havia nem Deus, nem o Diabo; só o homem, responsável único por seu sucesso ou fracasso.

Por que pensava nisso?

E por que pensava agora em Isabela?

E por que pensava precisamente naquela noite, há cinco anos? Quando encontrara Isabela em Santa Fé? Os dois haviam ido a um bar. Ela confessara a ele o quanto sentia falta de Fabrício; esperava que ele estivesse bem em São Paulo. Getúlio se ofereceu para deixá-la em casa; assim que estacionou a caminhonete, tentou beijá-la; ela resistiu, ele continuou; ela socou o rosto dele a mera lembrança daquilo ainda o deixava enfurecido; ele a socou de volta e, empurrando-a para o banco traseiro, estuprou-a.

Nos dias seguintes, ele teve medo de que o delegado aparecesse na fazenda a qualquer momento. Mas isso nunca aconteceu. Isabela não prestou queixa. Como poderia? Ele iria negar mesmo; sim, ia dizer que ela pedira, ia descrever como ela tinha se insinuado pra ele com uma saia curta e palavras sujas. Todos na cidade a veriam como uma vagabunda, e ela sabia disso.

Alguns meses depois, ela fora embora. E, no que dependesse dele, jamais teria voltado.

Trinta minutos depois, ao se deitar de novo, os pingos batendo nas telhas como se viessem de uma britadeira, Getúlio pensava em anjos que descem à terra para punir os pecadores.

XV

O vento saturado de pingos d'água empurrava as portas e janelas de um chalé nos arredores de Santa Fé, na zona de transição para a área rural. Uma cerca de ripas assegurava à moradia algum isolamento, maior agora devido à chuva cerrada. Ao redor, poucas, esparsas casas. No solo, folhas recém-arrancadas pelo vento amontoavam-se, misturando-se em um lamaçal as que já estavam caídas há dias.

O chalé lembrava os da Europa, com paredes de troncos de madeira, uma chaminé e um telhado côncavo por onde os pingos escorriam até a sarjeta, nas laterais. A residência virara o assunto da cidade quando Otávio Rebouças encomendara sua construção, há cinco anos, assim que se aposentara do cargo de juiz. Aos curiosos ele explicava que se inspirara nos chalés da Alemanha, cuja cultura jurídica admirava.

Naquela noite, sentado em um sofá, Otávio bebia de uma taça de vinho. O fogo da lareira tremelicando projetava sombras bruxuleantes nas paredes. No teto, um lustre coberto emitia uma luz amarela e fraca. As roupas dele estavam molhadas, mas ele não parecia se importar.

Por que Zé das Carnes não o deixara falar, irritando-se? Ele teria contado o que estava acontecendo...

... teria contado dos pesadelos.

Haviam começado na noite da primeira morte. Otávio não se lembrava deles depois, mas cada vez que acordava tinha a impressão de ouvir, em um sussurro:

Otávio, você é culpado.

Sim, ele era culpado.

Nunca fora um juiz limpo; não: sempre que solicitado, atendia aos pedidos dos fazendeiros. Afinal, tendo nascido ali, filho de um político local, aprendera cedo que naquela comunidade um homem era julgado não por um abstrato senso de moral, mas pelos laços pessoais que construía a partir dos favores que concedia.

Mas as concessões que fizera durante sua vida funcional eram sobre questões de propriedade ou eleitorais. Não havia dano sério a ninguém. Uma vez decidira pela posse de um político, em detrimento de outro, que ganhara de fato a eleição; mas que mal havia nisso se um e outro eram, no que interessava, iguais?

Naquele dia, há mais de trinta anos, fora algo mais sério: inocentara os fazendeiros de uma acusação de estupro. E agira ignorando o testemunho da vítima e o laudo da perícia médica; *sexo consensual com múltiplos parceiros*, concluíra na sentença. Pelos anos seguintes, lembraria da mulher em lágrimas, saindo da corte sob gritos de "vagabunda".

Ninguém parecera se importar quando ela cometeu suicídio, poucos meses depois.

Bando de hipócritas, pensava Otávio agora, o álcool já causando os primeiros efeitos. Visse o Zé das Carnes contando para Fabrício como enriquecera. Por que o velho não falava a verdade? Que crescera não como um fazendeiro genuíno, mas como um agiota criminoso?

Com o dinheiro do primeiro lote de terra, do açougue e da oficina, Zé das Carnes começara a emprestar para os fazendeiros. Em alguns anos, todos deviam a ele. Pagavam em terras e gado. De nada adiantava tentar reduzir a dívida: Zé das Carnes era irredutível. Cada ano aumentava os juros. Em dez anos conseguira terras suficientes para ter a maior fazenda da região. Mas não era suficiente para o velho. Aproveitando-se do crédito fácil à agricultura nos governos militares, começou a tomar dinheiro a juros baixos no Banco do Brasil. Descumprindo a exigência legal que vinculava o uso do crédito à agricultura, aplicava o dinheiro nos mercados financeiro e imobiliário, nos quais os ganhos eram maiores que no setor agrícola. Assim, foi aumentando rapidamente sua riqueza.

"Um canalha", pensou Otávio, bebendo o último gole da taça. Secara o recipiente quando, lá fora, um trovão troou. Ele estremeceu, pensando repentinamente na fúria de Deus. O relógio na parede marcava meia-noite. Decidiu dormir. Levantou-se, foi até a porta, de madeira fina, rodou a chave na fechadura e apagou a luz no interruptor ao lado.

Já começava a se virar quando escutou um ruído. Um estalar na porta, pelo lado de fora.

(os pingos da chuva?)

Voltou-se e encostou o ouvido na superfície de madeira. Agora escutava nitidamente... um rangido... *rec, rec, rec...* Como se algo arranhasse a madeira.

Lembrou-se do que os gatos faziam quando entravam em casas que não conheciam: cheiravam e arranhavam objetos para reconhecimento. Mas o barulho que ouvia agora não era no pé da porta, como aconteceria com um gato; era mais acima, junto à cabeça dele...

Otávio girou a chave e abriu a porta.

No alpendre, os pingos d'água escorriam pelo telhado e, carregados pelo vento, caíam sobre o soalho, indo quase até a porta. Sobre a balaustrada, um anum preto, encolhido, impedido de voo pelas penas molhadas.

Era difícil enxergar através do aguaceiro e da escuridão, mas Otávio via algo, poucos metros à frente: uma sombra — aparentemente humana — e dois pontos de cor vermelha, brilhosos, no lugar onde seriam os olhos... Se aquilo fosse humano mesmo...

... e ele sabia que não era...

O vulto começou a se aproximar lentamente, tornando-se mais nítido. Tinha forma humana, mas algo destoava, embora Otávio não soubesse precisar o quê.

Ele bateu a porta e correu rumo à escada, que levava ao segundo piso.

Quando estava sobre o terceiro degrau, a entidade derrubou a porta, que se vergou, dependurando-se pelas dobradiças.

Com o canto do olho, Otávio viu-a adentrar a sala em seu encalço, a sombra perseguidora mesclando-se à escuridão.

Ao chegar no segundo piso, correu até seu quarto e trancou-se, passando a chave.

Encolheu-se junto à parede oposta à porta, abaixo da janela.

Seu coração batia tão rápido que teve de respirar fundo e se acalmar para conseguir ouvir os passos da entidade: pausados, firmes, cada vez mais altos, rangendo na madeira... *rang, rang, rang...*

Vira a aparição arrombar a porta da sala, então era óbvio que a do quarto não a conteria. Ergueu-se, abriu a janela e olhou para baixo. Cerca de cinco metros até o solo. Muito alto. Mas que outra opção tinha com os passos da criatura cada vez mais próximos?... *rang, rang, rang...* Com a sombra se projetando pelo vão da porta, conforme Otávio via agora, ao olhar para trás?

Passando as duas pernas pelo batente da janela, sentou-se. Hesitou por um segundo, na esperança de que aquilo acabasse, que fosse tudo um sonho.

A entidade destroçou a porta.

Otávio se jogou. Caiu de cócoras, sentindo a rótula esquerda se deslocar. Gritou de dor e caiu de banda no solo molhado, sujando-se na lama.

Olhou para a janela e, em meio aos pingos d'água que embaçavam sua visão, viu na penumbra os dois olhos vermelhos, espreitando-o.

Então sumiram. A criatura estava descendo as escadas para pegá-lo.

Levantou-se, a perna esquerda bamba, os pingos escorrendo pelo rosto. Correu para a caminhonete. Em um toque rápido, apalpou o bolso por cima da calça e sentiu a chave do veículo.

Sim, ele só tinha que atingir o automóvel. Tirava 120 por hora, a entidade não o alcançaria, ele já estava perto e não via sinal dela, mais perto agora, mais, a mão na maçaneta, sim, estava salvo, salvo, salvo. Abriu a porta, sentou-se, tirou a chave do bolso, deu a partida e pisou no acelerador.

A caminhonete partiu, os pneus jogando lama nas laterais. Otávio olhou pelos retrovisores. Só via a casa, cada vez mais distante à medida que o veículo ganhava velocidade. Nem sinal do que o atacara. Estava salvo. Respirou aliviado. Tinha que ir à cidade, tinha que falar com o delegado. Só precisava pensar bem no que ia dizer, não queria que o delegado achasse que ele era louco. Diria que fora atacado por alguém e que conseguira fugir. Sim, por alguém, um ser humano.

O para-brisa se destroçou a sua frente. Os pingos grossos da chuva entraram, acompanhados por estilhaços de vidro, um dos quais penetrou no lado direito de seu rosto. Algo caiu sobre ele, empurrando-o de encontro ao banco. Otávio perdeu o controle da caminhonete, que começou a ziguezaguear. A entidade estava sobre ele, mas Otávio não a via com precisão, a vista turva pela dor, os sentidos confusos pelo vaivém do veículo, ora à direita, ora à esquerda, à direita, à esquerda... Tentou se proteger erguendo o antebraço, mas a aparição o quebrou no osso. Gritou. Sentiu a garganta ser estraçalhada. A entidade se debruçara sobre ele e começou a arrancar nacos de carne de seu pescoço, de seus ombros, de seu peito. Ele percebeu, em meio ao ataque, em meio ao movimento da caminhonete, à direita, à esquerda, à direita, à esquerda, percebeu que estava sendo destroçado, não, devorado, devorado vivo! Tentou reagir, lutar, mas não tinha mais forças, estava à mercê, à mercê da criatura, à mercê do ziguezague da caminhonete, à direita, à esquerda, à direita, à esquerda...

A dor foi substituída por uma dormência, à medida que perdia os sentidos, a caminhonete parando aos poucos, ora à direita, ora à esquerda, à direita, à esquerda... Até guinar para o lado direito e bater contra um tronco de árvore.

XVI

Marco Aurélio tomava café da manhã em sua casa, em Santa Fé, quando o celular tocou em cima da mesa. Era Rodrigo Torres, investigador da polícia civil.

"Delegado, o Otávio Rebouças foi morto."

Aurélio já se levantava da mesa, deixando quase intocados o cuscuz com leite, uma fatia de beiju, um ovo frito e uma xícara de café com leite. Aproximou-se da janela. O temporal da noite anterior virara uma garoa e o vidro molhado refletia distorcidamente seu rosto, um pouco arredondado, barbeado rente, os cabelos lisos curtos. Por entre a imagem distorcida, via-se o jardim lá fora.

"Prepara uma viatura e uma unidade de perícia", disse. "Vamos de caminhonete, por causa da chuva."

"Tem outra coisa, delegado." Rodrigo fez uma pausa curta. Marco Aurélio esperava, já sinalizando com a mão esquerda para a esposa que partiria sem terminar o café da manhã. "O prefeito quer ver o senhor."

Aurélio praguejou. Sob os protestos da esposa, saiu, entrou no carro e partiu.

Enquanto dirigia, acelerando o carro com cautela no asfalto molhado, aqui e ali buzinando em resposta a um conhecido que lhe acenava, desviando o veículo de alguma poça mais arriscada, desacelerando para não atropelar um urubu parado no meio da pista, e que alçava voo salvador no último segundo — enquanto dirigia, Aurélio pensava sobre a situação. Há dois anos, quando fora lotado em Santa Fé como delegado regional, responsável por 13 municípios da região, pensava que seu maior problema seriam os caçadores ilegais e alguns traficantes de drogas leves. Agora, tinha três cadáveres, um fazendeiro desaparecido e um prefeito preocupado.

Assim que entrou no sétimo Distrito Policial, chamou Rodrigo a sua sala.

O investigador tinha cerca de 30 anos. Vestia o uniforme padrão da Polícia Civil, todo em preto: boné, camiseta com uma bandeira brasileira na manga direita e o emblema da força em amarelo-escuro adesivado no lado direito da blusa, na altura do coração. Em um coldre na cintura, um 38.

Aurélio sentou-se em uma cadeira de espaldar alto. Em cima da mesa, um porta-lápis com acessórios de escritório, algumas pastas de arquivos e vários papéis organizados em duas fileiras.

"A viatura e a unidade já estão prontas, senhor."

"Vamos priorizar isso, ok? Você já está aqui há quanto tempo? Um ano?"

"Isso."

"Então já sabe como as coisas funcionam: os fazendeiros dizem a seus peões em quem eles devem votar; em troca, os políticos os beneficiam com pontes, asfaltamento de estradas, iluminação elétrica e o que mais for possível. Quando um fazendeiro é morto..."

"O equilíbrio é ameaçado."

"E nosso rabo entra na reta. Venha, vamos. Eu fico na prefeitura e você segue."

•••

Sentado à frente da escrivaninha, Marco Aurélio se calou enquanto Francisco Sodré abria o primeiro gavetim do mobiliário, tirava de lá um isqueiro e acendia um cigarro. Conhecia o prefeito há pouco tempo, mas o suficiente para saber que ele não gostara do que havia acabado de ouvir. Por isso não estranhou quando ele disse:

"Dois deputados e um senador já me ligaram para saber do andamento das investigações. Vou dizer a eles que não temos nenhuma pista?"

"É minha prioridade, doutor. Meu melhor investigador tá com o caso."

"Se isso continuar, os fazendeiros podem decidir resolver o problema por conta própria."

"Não saberiam como. Não há suspeitos."

"Esse é precisamente o problema. Eles podem querer encontrar um suspeito. Talvez um sem-terra." Apontou o dedo em riste para Marco Aurélio. "Não quero ver minha cidade em um telejornal nacional, delegado."

Por um segundo, Marco Aurélio pensou em lembrar ao prefeito que o delegado regional da Polícia Civil era subordinado ao Secretário de Segurança. Desistiu logo em seguida. Afinal, o Secretário vivia há 200 quilômetros dali; o prefeito, há duas quadras. Que bem faria a ele ressaltar a hierarquia nessa cidade de caipiras onde só havia duas classes de pessoas: as que tinham poder e as que não tinham?

Sodré se levantou. Ladeou a janela à sua direita. Abriu uma fresta, usando-a para baforar. Um feixe de luz solar penetrava pela abertura, refletindo partículas de pó suspensas no ar.

"Sabe, delegado", disse, sem se virar, "eu sempre soube que seria prefeito. Quer dizer, meu avô e meu pai foram prefeitos de Santa Fé — então era meu caminho natural; nunca pensei em fugir disso. Sempre achei que todo filho deve seguir o caminho do pai."

Sem querer, Marco Aurélio pensou em seu pai. Frustrado por não ter ingressado na polícia, desde cedo preparara o filho para a carreira que não conseguira seguir. Uma vez, uma única vez, Marco Aurélio tinha dito a ele que estava cogitando contabilidade. O pai o esmurrou. Ele nunca mais questionou o caminho previamente traçado. Fora o último a chegar ao enterro do velho; o primeiro a ir embora.

"Mas a verdade", dizia o prefeito, "é que meu avô e meu pai viveram tempos mais fáceis. Quando era possível a um prefeito deixar de lado os serviços públicos. Quando bastava agradar aos fazendeiros."

Onde o prefeito pretendia chegar com essa conversa? — pensou Marco Aurélio. Talvez estivesse dando uma justificativa para o ter chamado ali agora. Seis meses de violência crescente na cidade e ele o chamava agora, quando políticos começavam a importunar.

"Hoje"— virou-se para o delegado — "bem, hoje a população da cidade tem mais escolaridade, mais acesso à informação. Demanda mais do poder público." Ele se sentou de novo. "Não são mais apenas os fazendeiros. Há outros atores agora. Por exemplo, a Associação Comercial. Vieram me procurar ontem. Estão prevendo uma perda de 40% nos ganhos que esperavam para a noite do eclipse. Isso depois de terem instalado barracas na praça, contratado gente, aumentado o estoque. Sabe por que eles esperam prejuízo?"

Marco Aurélio sabia que era uma pergunta retórica. Permaneceu calado. O prefeito depositou o cigarro em um cinzeiro e colocou as mãos sobre as mesas, arqueadas, as palmas para cima.

"Não se vê ninguém nas ruas depois das oito da noite. A população está aterrorizada, delegado."

Sodré voltou a fumar o cigarro. Curvou o dorso sobre a mesa.

"Escute, embora não pareça, eu quero ajudar você. O Secretário de Segurança, como você sabe, é meu padrinho de casamento. Às vezes, ele me pergunta sobre você. Sobre o seu trabalho. Sabe o que eu digo a ele?"

Marco Aurélio começava a se enervar com os gestos lentos, calculados do prefeito. Não gostava de políticos. As estratégias de manipulação utilizadas por eles podiam ser eficazes com leigos, mas para um policial treinado elas eram transparentes e, por isso, entediantes. Sodré acabara de o ameaçar e achava mesmo que ele não tinha percebido?

"Eu digo a ele a verdade. Que você é o melhor delegado que Santa Fé teve nos últimos vinte anos. E eu quero continuar elogiando você, claro. Por favor, não meça esforços nessa investigação."

Pelo menos três palavrões vieram a Marco Aurélio, mas ele se limitou a responder com um seco "sim, senhor".

‫⚜‬

"Acho que foi onça, doutor."

Valdemar se protegia da garoa com um chapéu sobre o rosto magro, de barba rala e com um gibão de couro no qual se via costurado, em alto-relevo, à altura do ombro direito, a letra "V".

"Talvez."

Getúlio vestia uma capa de chuva transparente. O frio gelava seus dedos e fazia seus dentes tilintarem. Quando falava, um hálito enevoado saía de sua boca, misturando-se à neblina matinal que aos poucos se dissolvia sob a luz solar.

Devia ser onça mesmo, pensava enquanto perscrutava o solo ao redor. Que mais poderia ser? Então, pareceu ter encontrado algo. Avançou dois passos e, curvando-se, pegou um objeto. Mostrou ao vaqueiro. Um colar de contas adornado com penas brancas. Rompido em um corte irregular.

"Já vi isso, doutor. Quem usa é aquele Piatã. Que trabalha pra dona Isabela."

"Querem que eu saia da fazenda à força."

Getúlio olhou para a direita dele. Ainda não conseguia acreditar. Não acreditava no que havia visto quando chegara ali, há vinte minutos, depois que Valdemar, alarmado, praticamente o tirara da cama.

No solo, duas vacas e um bezerro, caídos a pouca distância um do outro. Gargantas diceradas. Patas dianteiras arrancadas na altura do tornozelo. Ventres expostos, eviscerados. A terra ao redor escurecida pelo sangue. As moscas já se amontoavam sobre as carniças, misturando-se à garoa.

Poucos metros adiante, pousados sobre o tronco de umbuzeiro derrubado, apodrecido, de raízes expostas, alguns urubus, as penas eriçadas pela chuva, esperavam a primeira oportunidade para um butim. Um ou outro esvoaçava ao redor dos animais mortos. Quando algum pulava para o solo e se aproximava, Mandíbula corria em seu encalço e a ave voava, empoleirando-se novamente sobre o tronco.

"Que homem esfola animal desse jeito, Valdemar?"

"Homem mancomunado com o Capeta, doutor."

Getúlio não acreditava em Satanás. Acreditava, sim, em psicopatas, sobre os quais já tinha visto documentários na TV. As reses ali não tinham sido esfoladas como ele e os peões faziam. Não havia técnica naquilo. Somente a matança, feita com uma voracidade evidenciada pela grosseria dos cortes. Ele teve que reconhecer a si mesmo que sentia medo.

"Vou pra cidade. Procurar o delegado."

"Vou com o doutor."

"Não. Preciso de você aqui. Pra proteger o Fabrício. Tua espingarda tá boa?"

"Sim."

"Carrega ela. Não é mais seguro aqui."

Uma lufada trouxe o fedor das carniças para os dois homens. Eles tamparam os narizes com os dedos. A um comando de Getúlio, afastaram-se de volta à fazenda. Mandíbula os seguiu.

Sem a presença do cachorro, um urubu levantou voo e pousou no solo. Outro o seguiu. Caminharam cautelosamente em direção às carniças. Começaram a beliscá-las. Logo, outro urubu se juntava a eles, depois outro, e mais outro, até que em segundos todos beliscavam vorazmente as carcaças.

☥☦

De sutiã vermelho e *short jeans*, sentada na terra gramínea, Solange desengelhava a blusa *baby-look*. Ao seu lado, de pé, Fabrício terminava de vestir a camiseta. O solo estava molhado, mas o sol já evaporara parte da água que caíra na noite anterior. Estavam em uma das roças. De um córrego próximo, vinha um cheiro de barro fresco e um barulho parecido com o de uma de torneira ligada.

Solange vestiu a blusa.

"O que aconteceu?"

"Como assim?"

"Por que você não me quis? Mesmo depois que eu te—"

"Não tem nada a ver com você."

Ela se levantou.

"Você não me acha tão boa quanto as meninas da cidade?"

Ele tentou rir.

"Você está com coisas na cabeça."

"E você é muito esquisito."

Ele se curvou. Pegou uma pedra do solo e jogou-a no ar, acompanhando-a com os olhos enquanto descrevia um semicírculo e caía.

Solange jamais havia conhecido um rapaz assim. O rosto dele expressava uma afabilidade incomum. Os olhos, ao contrário, mostravam uma agressividade escondida dentro dele. Ela tinha a impressão de que havia algo em Fabrício que ele próprio desconhecia. E ela não queria saber de

87

mistérios. Não enquanto havia um mistério maior ali: quem estava matando os fazendeiros?

"Tô preocupada com o vô."

"Por quê?"

"Ele não tem dormido direito. Anda calado. De noite se mexe na cama, geme. Tenho certeza que são pesadelos. Tento conversar, mas ele muda de assunto."

"Acha que tem a ver com os assassinatos?"

"Talvez. Não sei..."

Ele se aproximou dela.

"O que você pretende da vida?", ele perguntou. "Quais são seus planos?"

"Papai quer que eu estude Direito pra depois fazer concurso."

"E o que você quer?"

"Não sei. Nunca parei pra pensar nisso. Pra quê?"

Ela sorriu.

Fabrício continuou sério.

XVII

(*É minha culpa.*)

Em Santa Fé, a maior parte da população se recolhera aos primeiros pingos da chuva. Os postes iluminavam ruas vazias, preenchidas vez ou outra pela sombra de um gato.

No terraço, sentado em uma cadeira, Miguel tomou outro gole de uísque. Colocou o copo vazio no chão, ao lado da garrafa, que já ia pela metade. Ergueu-se e andou até o portão, cuja grade segurou com as mãos enclavinhadas.

(*É minha culpa.*)

Ele deveria ter persistido... há trinta e cinco anos, quando tudo acontecera... Deveria ter impedido... impedido o massacre...

Ele ainda se lembrava, nitidamente, de quando fora à clareira na manhã seguinte. A cada dois passos tinha que se desviar de um cadáver. Homens, mulheres, crianças — nenhum indígena fora poupado. Nenhum deles fora enterrado ou cremado. Os fazendeiros simplesmente haviam jogado os mortos na Chapada das Almas. Em poucos dias, os urubus haviam devorado inteiramente as carnes putrefeitas.

Havia sido um desfecho previsível. Afinal, a agitação acontecia há meses. Cada vez que os índios matavam, despertava a fúria dos fazendeiros. O confronto físico chegou a ponto de eclodir por três vezes. Só não ocorreu porque ele, Miguel, então comandante da Região Militar local, apaziguou as duas facções. Ele procurou a polícia, mas o delegado de Santa Fé estranhamente não tomou nenhuma atitude.

Ele descobriria o motivo na véspera do massacre. O mesmo motivo pelo qual o Comando do Estado Maior, em Brasília, jamais demonstrara ter tomado conhecimento dos ofícios dele alertando sobre o perigo iminente. O motivo de sempre: política.

Viu a si mesmo, mais jovem, em um uniforme militar, a um telefone modelo antigo, com fio e teclado rotativo. No outro lado da linha, o ministro do Exército, a última instância de comando.

"Ministro, os fazendeiros armaram seus peões. A qualquer momento, os índios serão massacrados. (...) O quê? Como assim, o governo não tem interesse em se indispor com os fazendeiros? (...) Por motivos políticos? Então é disso que se trata?"

Ele pressionou a cabeça contra a grade, os olhos para o chão. Como pudera ser tão ingênuo? Com a ditadura militar então em seus estertores, o governo precisava mais do que nunca da base de votos assegurada pelos fazendeiros. Ainda mais porque a oposição expandira sua influência até o campo, onde começara a fervilhar de novo a bandeira da reforma agrária. O que era a vida de alguns índios perante a própria sustentação do governo instituído em 1964?

(*É minha culpa*)

Pelas décadas seguintes, ele se questionaria. Fizera tudo que podia? Por que não havia feito outras ligações? Por que não havia envolvido o Ministério da Justiça? Para todas as perguntas, tinha a mesma resposta: *não podia*. Envolver um ministério civil sem expressa autorização seria quebra de hierarquia; sua ficha ficaria maculada; jamais ascenderia como um militar exemplar, jamais teria cumprido a promessa feita ao pai.

Era culpa dele... Tudo que estava acontecendo ali... Todas as mortes...

Ele tinha que procurar Fabrício. Precisava avisar a ele do perigo de permanecer naquela terra. Do perigo que ele corria ao basear sua vida na do pai.

Miguel ergueu a cabeça e olhou ao redor. Esperava que algum dos vizinhos passasse, como em um dia qualquer, e lhe perguntasse pela vida, contasse as novidades, convidasse-o a tomar um café ou uma cerveja...

Ninguém passou.

Logo, os pingos da chuva engrossavam, molhando seus dedos.

ॐ

Acocora-se na terra, de olhos fechados. A cabeça dói.

Sente um cheiro a alguns metros dali. Levanta-se e aspira o ar: uma lambu — ave de chão, silenciosa, sorrateira, de penugem cinza que a camufla nos garranchos. Pode ouvir seus passos na terra e nas folhas secas... Sente o cheiro como se ela estivesse ali, à mão. Sente não só o odor das penas e da pele, mas do sangue... sangue e carne... Suas narinas se dilatam... Curva-se de quatro, a cabeça baixa, os olhos porém fitando adiante... o cheiro do sangue... Pula sobre a cerca... um salto de dois metros, mas o faz sem esforço... Cai do outro lado de pé e começa a correr...

90

e corre e corre e corre... curvando-se, olhos para frente, para a lambu... a ave para, olha ao redor... vê o predador... voa... voo rasteiro entre os galhos, em meio a um som estridente... Mal consegue vê-la, mas sente o cheiro de sangue... Pula... agarra a ave em pleno voo, cai com ela se debatendo entre suas mãos... Arranca a cabeça dela com uma mordida... o sangue jorra...

(...)

Acorda de supetão. Levanta-se.

Os cheiros e sons são diferentes à noite. Os insetos e as cobras estão em todos os lugares. Os sapos cururus, sente o cheiro deles nas margens de um riacho a 300 metros dali. E quanto às plantas? O xique-xique, a macambira, o juá — cada uma tem um cheiro e até uma aspereza. Sente também os odores residuais: um tatu que esteve por ali no fim da tarde, cavoucando; um urutau que voou há pouco por dentro da mata; um mambira que destruiu um formigueiro em busca de alimento.

Sem saber por quê, caminha para dentro da mata, abrindo caminho entre os galhos com os braços. Chega a uma estrada e anda até uma encruzilhada.

Um cavalo se espojou ali há algumas horas; o odor ainda permanece.

Sente-se em um sonho: consciente, mas incapaz de pensar sobre a situação... Como se só lhe restassem os instintos...

Então, o coração bate rápido. O estômago se encolhe como se estivesse sem comer há dias. Cai de joelhos, transpirando. Vira-se de costas e começa a escorjar na terra.

(...)

Está correndo... não consegue pensar... não há como pensar, não há mais raciocínio... A visão é falha, embaçada, em preto e branco... Só há o olfato, ainda mais aguçado... e um instinto que o direciona, que o conduz para algum lugar... para uma luz... logo adiante...

Para a fazenda de Zé das Carnes.

☙❧

Com a espingarda apoiada sobre as pernas, Zé das Carnes se balançava na cadeira, os cotovelos e as palmas das mãos sobre os descansa-braços. A sala estava às escuras. Lá fora, começara a chover torrencialmente, o barulho dos pingos d'água ressoando junto às telhas.

Ele não queria dormir. Tinha medo de dormir. Medo de dormir e ser pego pelo que estivesse ali fora, à espreita... pronto para matá-lo. Ele tinha medo de dormir e ter o mesmo pesadelo que tinha há quatro noites...

Como um pesadelo podia ser daquele jeito? Tão real, tão vívido que ele se sentia de volta àquela noite? Podia ver o terreiro da casa de taipa como se estivera lá ontem... Podia ouvir as gargalhadas dos demais... Ouvia as vozes deles com o mesmo timbre de 35 anos atrás, como se a idade não lhes tivesse alterado as cordas vocais — ouvia as vozes deles, incentivando-o...

91

Vai, Zé! Vai, Zé!

Via o rosto da mulher, de feições indígenas, no solo de cascalho, chorando, dentes trincados, o rosto marcado pelos socos que levara até acatar o que os homens queriam...

Não fosse Otávio, teriam sido todos presos. E agora Otávio estava morto. Bem como Paulo, Honório e provavelmente Gregório. Alguém — ou algo — estava lá fora, em busca de vingança por aquela noite.

Quem poderia ser? A mulher não deixara filhos; o marido morrera em uma briga de bar contra alguns peões, que haviam dito gozações sobre ela; e a própria mulher se matara logo depois.

Quem poderia ser...

... senão a própria, convertida em fantasma?

Meneou a cabeça. O que estava matutando? Que besteira era essa?

As pálpebras já começavam a pesar quando ouviu o barulho de uma pancada. Então outra. E outra, e outra, e outra. As vacas no curral batiam com os chifres nas janelas. Do terreiro, vinham os sons dos cachorros se movendo, as patas arrastando no solo. Lutavam contra algo.

Zé das Carnes se ergueu da cadeira, segurando a espingarda.

"Vô, o que há?", Solange aparecia na sala, vinda da ala de quartos. Tinha os olhos remelentos e vestia uma camisola azul.

"Volta pra dentro. Eu cuido disso."

"Mas..."

"Volta pro quarto! Só sai quando eu mandar!"

Zé das Carnes desaferrolhou a porta da sala e seguiu pelo corredor, até a porta que levava ao terreiro.

Antes de sair, encostou o ouvido na porta, a espingarda com a soleira no chão e suas mãos suando no cano. O que quer que estivesse à solta estava ali fora, enfrentando dois *rottweilers* sem recuar.

Ele pensou em Solange. Tinha que matar o que quer que estivesse ali ou ela seria morta. Felizmente, a arma ajudaria: nem uma onça-pintada aguentaria os quatro tiros da semiautomática que carregava.

Desaferrolhou a porta, empurrou-a com o ombro e, em duas rápidas passadas, atravessou o alpendre e pisou no terreiro.

Os dois cachorros atacavam alguma coisa. A água caía em profusão e os animais se moviam rapidamente, de modo que Zé das Carnes não via com nitidez o que atacavam.

Mirou, a soleira da espingarda no ombro direito, água escorrendo pelo cano da arma, à espera do momento em que teria visão de tiro. O medo aguçara sua audição e ele escutava, além da luta, os pingos d'água no solo e no telhado, o farfalhar das folhas das árvores perpassadas pelo vento e os próprios batimentos cardíacos.

Algo dizia a ele que não desfizesse a mira, sob nenhuma circunstância. Algo instintivo, em que ele não prestaria atenção normalmente, alertava-o...

(não é coisa deste mundo)

...que desfazer a mira seria um erro fatal.

A luta chegava ao desfecho. Um dos cães ganiu e caiu sem movimentos, o pescoço dilacerado a tal ponto que a cabeça só se mantinha presa ao tronco por um ligamento. O outro continuou na luta por mais alguns segundos, até ganir e cair de banda, remexendo-se, a espinha provavelmente partida ao meio.

A espingarda começou a tremer nas mãos de Zé das Carnes. O que era aquilo que acabara de matar seus dois *rottweilers* como se eles não fossem nada?

Só então, quando viu aparecer em meio à água um vulto com um par de olhos vermelho-escuros, Zé das Carnes percebeu que estava na presença de algo sobrenatural.

Atirou com as mãos errantes. A bala atingiu algo. O vulto se sobressaiu na escuridão, correndo em sua direção. Atirou de novo, acertou mais uma vez. Mas, antes que pudesse dar o terceiro tiro, o vulto saltou em cima dele.

Zé das Carnes gritou e se jogou de costas no solo. Estendeu a espingarda a sua frente como proteção, uma mão no cano e outra na coronha. Fechou os olhos, à espera do ataque mortal.

Demorou alguns segundos até ele perceber que nada ocorrera. Estava no solo do terreiro, rente ao alpendre, as costas e as calças sujas de terra molhada, a água caindo sobre seu rosto. Não havia nada ali. Levantou-se, segurando a espingarda contra o corpo, os joelhos tremendo, a respiração vinda da garganta. Girou sobre si próprio para visualizar todo o terreiro. Uma, duas vezes.

Onde estava a criatura?, perguntou-se. Talvez tenha fugido. Sim, deve ter ficado ferida na luta com os cachorros. Debandou, já devia de tá longe. Ele tinha conseguido, tinha salvo Solange.

Não ouviu a tempo um ruído no telhado do alpendre. Algo caiu em cima dele, derrubando-o de bruços na lama. A arma caiu sobre a soleira e disparou, fazendo voar de um tamarindeiro uma colônia de morcegos.

Zé das Carnes tentou se erguer, usando os braços em uma espécie de apoio de frente. Ainda tinha um tiro. Tentaria pegar a espingarda, a uma braçada de distância. Mal erguera o dorso do solo quando algo lhe mordeu o ombro esquerdo. Perdeu a força no braço e caiu de novo. Tentou se arrastar, mas então algo lhe mordeu a cabeça. Ele tentou se libertar, empurrando com as mãos o que parecia ser uma cabeça cheia de pelos. De nada adiantou. Sentia a força das presas em seu crânio, cada vez maior à medida que a criatura cerrava a mandíbula. Ele só pensava em Solange... Tinha que se salvar para poder ajudá-la... Tinha que... Sangue escorria por sua testa e suas têmporas. Em poucos segundos começava a perder a consciência. Falhara com Solange... falhara... falh—

Acocorada junto ao parapeito da janela, paralisada pelo terror, lágrimas escorrendo pelos olhos arregalados, Solange observava o terreiro por uma fresta que abrira. Vira a criatura matar o avô. Via-a agora destroçando o cadáver, comendo-lhe as entranhas. Em meio à chuva e à escuridão, só conseguia ver que a criatura era grande e larga como um boi.

Não sabia o que fazer. Não havia telefones. Ela sabia atirar, mas a única espingarda era a que seu pai levara. Deixou-se ficar ali, o dorso enrijecido, as mãos trêmulas mal conseguindo agarrar-se ao parapeito, enquanto a criatura continuava a destroçar o cadáver do avô.

Então, de súbito, a criatura parou. Ergueu-se. Solange teve a impressão que a criatura estava sentindo algo... Farejando algo... Meu Deus! Farejando ela, Solange!

A criatura virou a cabeça na direção da janela, os olhos vermelhos completamente nítidos em meio à chuva.

A criatura a vira. Ela tinha que fugir, tinha que tentar chegar ao quintal.

Correu pela antessala. Por trás da parede, à sua direita, ouviu a criatura correndo pelo corredor.

Ainda estava na antessala quando ouviu a porta que conectava o corredor à sala, à direita, ser destroçada. Uma sombra gigantesca e espessa se projetou nas paredes.

Nem dera um passo dentro da sala quando se deparou com a criatura, que bloqueava o caminho para a cozinha — sua única esperança de chegar ao quintal e sair dali com vida.

Na penumbra, Solange só via o contorno da criatura. Mantinha-se de pé sobre duas patas traseiras. O vermelho-escuro dos olhos era vivo, brilhante, como se viessem de uma lâmpada e havia algo neles... Um sentimento... que Solange associou ao ódio. Pelo corpo molhado, escorria a água da chuva, molhando o chão.

Solange virou as costas e correu pela antessala, rumo às janelas que davam para o terreiro.

Já chegava em uma delas quando bateu em uma cadeira e caiu de bruços.

Ao tentar se erguer, sentiu um bafo quente sobre suas costas... acompanhado de um grunhido... e de um fedor que ela não reconhecia... O ar lhe faltou, a musculatura dos ombros e do pescoço enrijecida... O pulmão doía... A suas costas, a criatura a percorria do pescoço até as coxas, das coxas até o pescoço... Farejando-a... Saliva e sangue escorriam sobre o corpo dela... sangue dos cachorros, do seu avô... Sangue ainda quente... As narinas dilatadas roçavam as costas dela, descobertas sob a camisola... Solange tentou gritar, mas a voz não vinha... Começou a chorar... A criatura roçou sua nuca e ela se arrepiou...

Então, sentiu os caninos cerrando-se sobre seu pescoço.

Gritou.

XVIII

"Quando eu acordei, já era dia. E aquela coisa tinha ido embora."

Soluçando, recostada a um dos pilares da caixa-d'água da fazenda, Solange enxugou as lágrimas com a manga da blusa. Os pingos da chuva não atingiam nem ela nem Fabrício, protegidos sob a edificação.

"Você disse isso para a polícia?" — perguntou Fabrício, de pé em frente a ela.

"Pra quê? Eles não iam acreditar."

Fabrício enfiou as mãos nos bolsos da calça *jeans*. Mirou os próprios tênis, sujos de lama. Tentou limpar um deles batendo com a sola no chão.

"Você não acredita em mim, não é?"

Ele tirou as mãos dos bolsos e abriu os braços.

"Eu bem que queria. Mas, convenhamos... Digo, se essa criatura existe, por que ela não fez nada contigo?"

"Não sei. Eu desmaiei."

"Solange, você não espera que eu acredite..."

"Não sei! Só sei que vovô tá morto... e papai só vem amanhã..."

Ela se deixou escorregar junto ao pilar, até o chão. Começou a chorar, cobrindo os olhos com as mãos. Fabrício se agachou junto a ela. Abraçou-a.

"Vai ficar tudo bem, Solange. Dorme aqui hoje."

Fabrício se lembrou do que Letícia dissera. E da conversa de Otávio com Zé das Carnes. Ele tendia a rejeitar o sobrenatural por princípio. Mas, desde que chegara ali, o incidente na antiga área indígena ocupava sua mente. E ele o via agora com riqueza de detalhes, como se o ambiente físico o tivesse reavivado em sua memória. Ele via aquele dia como se tivesse acabado de ocorrer...

ဆဩ

As duas crianças chegam à clareira. Sorriem, falam alto, correm.

"Fabrício, olha como eu dou cambalhota."

"Eu também sei fazer, Isabela. Olha."

Continuam assim enquanto o sol se põe, os últimos traços alaranjados desaparecendo por trás da copa das árvores.

Os dois só percebem que escureceu quando a escuridão está em todo lugar.

"Isabela, tá tarde. Papai vai brigar comigo."

"Tá mesmo. A lua até já saiu. Fabrício, olha! A lua!"

A lua cheia começava a se cobrir de vermelho.

"É um eclipse, Isabela."

"Eclipse? O que é um eclip—"

Ela cai no solo, o rosto colidindo contra o cascalho.

"Isabela, que foi?"

Ela se acocora. Sangue escorre de um corte na bochecha.

"Alguma coisa... me derrubou... Mas não tem ninguém aqui, Fabrício... ninguém..."

Fabrício passa em revista o ambiente. Tudo são trevas. Porém, a sua direita, ele vê um vulto, uma sombra... que se mexe, espessando-se, sobressaindo-se à escuridão...

"Tem alguma coisa aqui, Isabela.... Alguma coisa..."

Então a sombra avança sobre ele.

Fabrício cai, empurrado por algo. A sombra está sobre ele, que grita antes de perder a consciência.

(...)

Quando Fabrício acorda, Isabela está ajoelhada ao lado dele. Ele soergue-se.

"O que aconteceu?"

"Não sei. Tinha alguma coisa aqui, mas foi embora."

"Vamo' embora daqui! Vamo' embora."

Os dois se levantam e saem correndo.

ဆဩ

Ele vira o sobrenatural naquela noite, há vinte anos. Com a imaginação sem limites de uma criança, ele havia recriado aquele dia, modificando a história, acentuando a dramaticidade, o caráter fantástico, cada vez que a contava e recontava aos amigos. E assim ia aos poucos se esquecendo do que de fato ocorrera. Logo, só restava a história criada, que o protegia de se lembrar do que realmente acontecera. Até o momento em que pisara na clareira de novo, em seu primeiro dia na fazenda. Daquele dia em diante, aquela noite voltara pouco a pouco a sua mente com precisão de detalhes.

96

Fabrício não acreditaria no sobrenatural se estivesse em qualquer outro lugar, mas ali, naquela terra onde o tempo parecia ter parado, onde os bailes de Carnaval ainda eram embalados por marchinhas clássicas e a Paixão de Cristo encenada toda Sexta-Feira Santa, na praça de Santa Fé, pelo grupo de teatro da Escola Municipal — ali as antigas lendas ganhavam vida e o mundo racional era um intruso.

Enquanto abraçava Solange, Fabrício estava convencido: havia algo de sobrenatural ali, ameaçando a todos. Eles precisavam sair dali. Mas como convencer Getúlio?

ॐ

"Cinco bois mortos. E o delegado não tá nem aí."

Getúlio tirou o dorso de dentro do capô da caminhonete que se mantinha aberto, sustentado por uma haste de metal. Limpou com uma flanela as mãos sujas de graxa. Pegou um galão de gasolina sobre uma banqueta. Perto do juremal, a mãe percorria os formigueiros, aplicando veneno.

"O que ele disse?" — Fabrício se recostava junto ao tronco da figueira, sob cuja sombra a caminhonete estava estacionada.

Getúlio abriu a tampa do tanque de combustível, na lateral esquerda da caminhonete, entre a porta do motorista e a carroceria. Ajoelhando-se, pegou do solo uma mangueira transparente. Inseriu uma das extremidades na abertura do galão. Colocou a outra na própria boca. Sugou o líquido, em uma única vez, retirando então a boca. Teve que cuspir um pouco da gasolina, que passara a verter pela mangueira, caindo no solo. Erguendo-se, Getúlio inseriu a mangueira na entrada do tanque de combustível. Virou-se para Fabrício.

"O delegado disse que todos os policiais tão trabalhando pra pegar o assassino. Se é que é um assassino."

"Como assim?"

"O delegado disse que o Otávio e o Zé não foram mortos do mesmo jeito que os outros. Eles foram destroçados. Como por um animal. Pena que Solange não lembre de nada."

"Sim. Uma pena. Bem, então só resta esperar."

"Esperar nada. Não se mata gado alheio. Nem mesmo hoje em dia."

"Como assim, 'nem mesmo hoje em dia'?"

"Quando ser fazendeiro parece que é crime".

"Não é assim, Getúlio. É que há um problema fundiário."

"Não acho. Tem alguma crise de alimento por acaso? Por que uma reforma agrária?"

"Por que há terras demais nas mãos de poucos."

"Sabe quem é o maior latifundiário do país, Fabrício? O Estado. Então, por que ele não distribui as terras dele em vez de tomar a dos outros?"

"E as condições de trabalho dos peões? A pobreza em que vivem?"

"Peão ganha pouco? Tem condição de trabalho ruim? Então, que se obrigue o fazendeiro a pagar salário mínimo, a comprar ferramentas. Não é preciso tomar a terra."

"Os peões têm direito à ascensão, Getúlio. Melhores salários, participação nos lucros..."

"E onde eles vão conseguir isso? Nessas fazendas capitalistas? Ali só o lucro interessa, Fabrício. Um dia jogam dinheiro pra produzir milho no Paraná; no outro, se der mais lucro, o dinheiro vai pra soja no Mato Grosso, ou pro café em São Paulo, ou pro queijo em Minas. O trabalhador pra eles é só um número."

"E aqui não?"

"Aqui? Olha o Valdemar. Ele tem muita cabeça de gado. Ganhou em partilha."

"Partilha?"

"Pra cada dez vacas que trazia da Caatinga, ficava com três. E os peões aqui sempre puderam usar um pedaço da terra pra plantar, criar carneiro. Nada aqui impede um trabalhador de progredir. Basta querer trabalhar."

"No discurso parece simples, Getúlio. Mas a realidade é mais complicada."

"Complicado é alguém matar meu gado. Pensando em ir lá me haver com aquele índio."

"Esquece isso, Getúlio."

"Esquecer?"

"Sim. Deixe isso com a polícia."

A gasolina começou a transbordar do tanque de combustível. Getúlio jogou ao solo a mangueira transparente, tampou o tanque e, em seguida, o galão de gasolina, que colocou sobre a banqueta. Destravando a haste, cerrou o capô. Virou-se para Fabrício:

"Esse é seu problema. Quer sempre ser educado. Civilizado. Aqui as coisas funcionam de outro jeito."

Fabrício desencostou da figueira.

"Funcionam como? Sem lei, sem polícia?"

"A terra e o gado de um homem são o que ele tem de mais importante. O delegado veio da cidade. Fosse daqui, ia saber que não se deixa morte de gado sem investigação. E você também ia saber disso se não..."

"Se eu não tivesse ido embora? Ido embora pra viver minha própria vida?"

"Sim."

Fabrício meneou a cabeça.

"Você não tem provas."

"E o colar do índio?"

"Não basta."

Getúlio coçou o queixo.

"E o que eu faço?"

"Espera. O delegado deve cuidar do caso assim que puder." Fabrício se aproximou dele. "O que me preocupa agora é outra coisa, Getúlio."

(*Tem uma criatura por aí*)

"Mamãe".

"Que tem ela?"

(*Está em perigo porque tem uma criatura por aí. Todos estamos em perigo*)

"Ela está cada dia pior. Começou a perder a memória. Chegou a perguntar pelo papai. Ela tem que ir pra Teresina. Pra ser tratada por um oncologista."

"Ela passou metade do ano passado em Teresina. Fez quimioterapia. Não adiantou."

"E cirurgia?"

"O médico diz que não adianta mais. Já se espalhou."

Fabrício sacudiu a cabeça.

"E as dores que ela sente? Um médico podia prescrever analgésicos..."

"Todo mês eu vou pra Teresina, pego uma receita com o médico e compro os remédios."

"Mas ela continua com dores."

"O corpo dela ficou muito fraco com a quimioterapia. Comprimido demais é ruim pra ela."

"Você fala... como se não houvesse saída..."

"Falo como quem sabe da situação. Porque sempre estive aqui. Pra ajudar o pai e a mãe."

"E eu não estava? É isso que você quer dizer?"

Getúlio fitou-o nos olhos. Pegou a caixa de ferramentas do solo e se dirigiu à casa-grande.

No céu começavam a estrondar os primeiros trovões, anunciando o retorno da chuva para a noite.

XIX

"Vocês precisam ir embora. Não é seguro aqui."

Na mesa, o jantar servido, todos olharam para Miguel.

"Essa é nossa terra, Miguel" — disse Getúlio, à cabeceira.

"A terra é só algo físico, Getúlio." Sobre a mesa, perto de Miguel, uma sacola preta de tamanho médio. "Não significa nada em si mesma."

"Físico? Nessa terra tão as almas do vovô, do papai. Não vou deixar um assassino tirar a gente daqui."

"Não é um assassino" — disse Solange.

Todos na mesa olharam para ela. Miguel deixou a colher erguida. Um trovão estrondou.

Solange então contou em detalhes tudo que acontecera na noite anterior. Mesmo Mandíbula, deitado no chão, parecia prestar atenção, a cabeça e as orelhas erguidas.

Quando ela terminou, Lúcia se persignou.

"Deixa de besteira, mãe", disse Getúlio. "A menina teve visagem."

"Não. Eu tenho certeza do que vi."

"Eu acredito nela" — disse Fabrício, sentado ao lado dela. "Não me perguntem por quê, mas eu acredito."

"Eu também acredito", disse Miguel.

"Miguel..."

"Getúlio, você é muito novo pra lembrar", disse Miguel. "Há trinta e cinco anos toda essa região passou por dias terríveis: seca, pragas agrícolas, gado doente. E agora está acontecendo de novo. Só que pior. Agora tem algo lá fora matando os fazendeiros. Os mesmos que destruíram a horta indígena."

"Horta?" — perguntou Solange.

"Sim. O quer que esteja acontecendo aqui está ligado ao massacre dos índios."

Getúlio riu, os talheres aprumados nas mãos imóveis.

"Se é assim, por que você não ajudou os índios quando teve chance?"

"Eu tentei."

"Podia ter questionado quem tava acima."

"Fiz isso, Getúlio. Não adiantou. Não pude impedir a matança. Nem o estupro de uma mulher índia, na mesma noite."

Um silêncio baixou sobre a mesa. Lúcia lacrimejou enquanto Fabrício baixou a cabeça. Solange olhava para todos, os olhos arregalados sem entender o que acontecia.

Getúlio largou os talheres e esmurrou a mesa.

"Não se fala desse assunto nesta casa."

Miguel olhou para ele. Nenhum dos dois falava. Então Fabrício perguntou:

"A mulher que acusou papai e os outros... era índia?"

"Fabrício, não se fala disso aqui."

"Eu quero falar disso, Getúlio."

O irmão olhou para ele, surpreso. Fitaram-se por alguns segundos. Então, Getúlio deu de ombros e voltou a comer.

"Sim, Fabrício", disse Miguel, acotovelando-se sobre a mesa. "Era índia. Casada com um homem branco."

Getúlio parou de comer.

"Foi pra isso que você veio aqui? Pra humilhar nossa família? A memória do pai?"

"Não. Vim pra ajudar. Eu também não acreditaria, Getúlio, se não fossem os pesadelos."

Getúlio arqueou as sobrancelhas. Seu rosto ficou pálido. Mordeu o lábio inferior.

"Meus Deus" — disse Miguel — "você também os está tendo, não é?"

Getúlio permaneceu calado. Voltou a comer.

"Otávio me disse que estava tendo também" — disse Miguel. Ele olhou para todos, movendo a cabeça. "Escutem: não é seguro ficar aqui."

Getúlio soltou os talheres e se ergueu bruscamente.

"Isso tudo é besteira. O que estiver ali fora, seja deste mundo ou não, não tem nada a ver com o que aconteceu naquela noite. E não vai me tirar da minha terra."

Então, ele se recolheu para a ala dos quartos.

Todos permaneceram em silêncio. Só se ouvia o barulho do motor, na sala de máquinas.

Então, um trovão estrondou. Miguel se levantou.

"Hora de ir."

"Passe a noite aqui", disse Lúcia, erguendo-se da cadeira. "Vai cair chuva forte daqui a pouco. A ponte pode ficar perigosa."

"Não posso."

"Eu te acompanho até a porta" — ofereceu-se Fabrício, levantando-se.

No pátio, junto à porta da caminhonete aberta, Miguel disse a ele:

"Esse cabeça-dura do seu irmão está colocando todos em perigo. O mundo dele está desmoronando, mas ele não enxerga isso."

"Vou conversar com ele."

"Você precisa. Só temos mais duas noites."

"Como assim?"

"Depois de amanhã é a noite do eclipse... E se as lendas indígenas forem verdadeiras..."

Ele entrou no veículo e fechou a porta. Continuou a falar com Fabrício pela janela:

"Na sacola preta que deixei sobre a mesa tem alguns livros. Leia os trechos que marquei."

Ligou o motor.

"É tudo minha culpa, Fabrício. Para manter uma promessa a meu pai, condenei a todos. Não cometa meu erro. Viva sua própria vida."

Pisou no acelerador e partiu.

Assim que voltou para a sala, Fabrício abriu a sacola: dentro, os livros sobre lendas indígenas que vira quando foi à casa de Miguel.

XX

Sentado sobre uma banqueta de madeira, Valdemar sorvia um cigarro de fumo de rolo enquanto aparava um graveto com uma peixeira. O terreiro às escuras, a brasa do cigarro, um ponto vermelho em movimento. Recostava--se junto à parede de barro da casa de taipa, a cerca de vinte metros da casa--grande da fazenda Barro Seco. Devido ao frio, usava o gibão, a inicial "V" costurada em uma das laterais.

Uma lamparina iluminava o interior da casa. Pela porta entreaberta, divisava-se uma parede, na qual se dependuravam em ganchos uma perneira, um chapéu de abas largas dobradas ao meio, um peitoril e um par de luvas.

Valdemar estava só. A esposa, Madalena, e o filho, Tonho, haviam partido para Santa Fé à tarde. Encontraria com eles no dia seguinte. Visitariam a escola municipal, na qual Tonho se matricularia no ano seguinte, no secundário.

Valdemar se sentia realizado. Nenhum de seus filhos seria vaqueiro. Ele não se arrependia da vida que tivera, mas não queria isso para os filhos. Afinal, quando ele virara vaqueiro, não conhecia o mundo lá fora. Fazia o que o pai tinha feito. Nunca tinha aprendido a ler, e a televisão só tinha chegado ali há poucos anos. Hoje, conhecia o valor da educação. Hoje, via os rapazes da idade de Tonho indo pra escola e depois de pouco tempo, após arranjarem emprego em Teresina, Fortaleza, João Pessoa, passeando por ali de moto e vestindo roupa bonita. Tinham conforto, o que ele nunca tinha tido. Era isso que queria pros filhos.

Acabara de dar uma tragada no cigarro quando ouviu um ruído. No quintal. Aguçou a audição. Conseguiu escutar: algo pisava sorrateiramente sobre as hortaliças. Ele procurou pelo cachorro. Não estava ali. Ouviu um ganido no quintal.

"Sai daí, peste!"

O ganido parou, mas o som do caminhar sorrateiro continuou.

De repente, algo caiu ao lado de Valdemar. Apesar do escuro, ele reconheceu o cadáver de seu cachorro.

Valdemar cuspiu no solo o cigarro. Jogou fora o graveto. Ergueu-se.

Ajoelhou-se perto do cachorro. Escuro demais para ver o cadáver em detalhes. Apalpou-o. Sentiu o sangue que molhava a terra. E os ferimentos espalhados por todo o corpo do animal. Tocou em uma massa de carne amolecida. Recolheu a mão rapidamente ao perceber que apalpava as entranhas do animal, arrancadas fora por um corte no estômago.

Ergueu-se. A respiração um pouco mais rápida agora. Empunhava a peixeira, mas sua mão tremia.

Virando-se, começou a caminhar até o quintal. Lenta, cautelosamente. O corpo tenso, rijo. Evitava pensar no que poderia encontrar. Evitava pensar no cachorro.

Viu que a cerca de pau a pique tinha sido posta abaixo no trecho anexo à parede da casa. O madeirame destroçado no solo denunciava que algo grande e forte entrara por ali.

Valdemar hesitou. Pensou em ir à casa-grande avisar Getúlio. Mas o que diria a ele? Que algo tinha matado seu cachorro? E daí? Não, ele precisava saber primeiro o que estava em seu quintal naquele momento.

Pisando sobre o madeirame destroçado, ele entrou no quintal. Imediatamente, sentiu... uma presença. Ele sabia que havia algo sobrenatural ali antes mesmo de vislumbrar, a sua frente, o vulto da criatura.

Escuro demais para que a visse em detalhes. Parecia um animal, mas se movimentava como um ser humano.

Então, a criatura curvou o dorso e abriu a boca.

Valdemar vislumbrou presas que se pareciam com caninos proeminentes.

Sua barriga se contraiu. A mão que empunhava a peixeira passou a tremer mais ainda.

Começou a recuar, lentamente, as pernas trêmulas, rumo à abertura na cerca.

Nem dera dois passos quando a criatura arremeteu contra ele.

Valdemar a cortou no pescoço com a peixeira. Sem recuar, a criatura mordeu o ombro dele, estraçalhando-o. Ele gritou de dor e largou a faca. O animal então tentou morder sua garganta. Valdemar recuou dois passos e a criatura falhou em atingi-lo. Mas pesou sobre ele, derrubando-o. Com o ombro direito estraçalhado, o vaqueiro só conseguiu erguer o braço esquerdo, usando-o para tentar segurar o animal pelo pescoço. Inútil. A criatura dilacerou seu bíceps e o braço caiu de lado, amolecido. Em seguida, mordeu sua barriga, à altura dos rins, em um ferimento de morte.

Com suas últimas forças, Valdemar tentou se arrastar pelo solo, de costas, usando as pernas. Avançando, a criatura abarcou a cabeça dele, inteiramente, entre seus maxilares.

Valdemar não conseguia se mover. A força que o prendia se tornava maior à medida que o animal cerrava mais e mais os maxilares.

Então, a criatura torceu a cabeça de Valdemar para a direita. Começou a puxar o crânio dele para cima.

Valdemar sentia o pescoço sendo esticado até o limite. Quanto mais força fazia para se livrar, mais a criatura cerrava as presas. Ele sufocava. Não via nada, a cabeça completamente dentro da criatura. A língua áspera dela percorria o rosto dele, com uma saliva gosmenta que penetrava por sua boca e nariz dele. O hálito fedia a carne crua. A carne do cachorro morto. A mandíbula de Valdemar se contraía, contraía, até que quebrou. Seu nariz e olhos começaram a sangrar.

Então, a criatura relaxou a mordida. Valdemar se aliviou. Sua cabeça agora tinha um pouco mais de espaço para se movimentar. Conseguia respirar melhor. A criatura desistira dele. Não sabia por quê, mas desistira. Ela iria embora agora, embora, e ele ia fugir dali, ia procurar Madalena e Tonho, ia contar o que tinha acontecido, um dia talvez até fossem rir disso, sim, talvez até ris—

Em um repuxão a criatura arrancou a cabeça dele. O sangue jorrou em abundância pelo buraco aberto, em um jato, impregnando-se pelo corpo da criatura, pela terra, pelas hortaliças. Valdemar se estrebuchava, as mãos estapeando o solo, as pernas avançando e recuando, desordenadas.

Aos poucos, os espasmos foram diminuindo de intensidade.

Assim que cessaram, a criatura deixou cair a cabeça arrancada; os olhos de Valdemar esbugalhados em um esgar de horror.

Então, debruçando-se sobre o cadáver do vaqueiro, a criatura começou a devorá-lo.

Depois de alguns segundos, ergueu-se em duas patas. Contemplou o céu, onde resplandecia, em meio a nuvens negras, a lua, em quarto crescente.

Uivou. Um uivo sonante e agudo, que ecoou para muito além. Os cachorros, até nas casas mais distantes, com suas audições hipersensíveis, inquietaram-se com aquele som, que lhes despertava instintos de sobrevivência adormecidos há milênios na espécie. Um mocho interrompeu o voo de caça. Uma ou outra criança teve um pesadelo que não conseguia entender, mas do qual se lembraria até o fim da vida.

Deitada de lado, Solange se encolhia sob as cobertas. A noite estava fria. No teto, o barulho dos pingos da garoa que começara há pouco se misturava ao dos camundongos correndo sobre as ripas. O quarto estava completamente escuro, a porta e a janela, fechadas.

Por que Fabrício não aparecia? Ela já fora para a cama há quase duas horas. Lúcia já tinha apagado as luzes. Todos deviam estar dormindo. Ela ainda estava abalada pela morte do avô e essa chuva, esse frio... E agora há pouco aquele uivo. Ela sabia de onde vinha aquele uivo... A criatura estava lá fora, à espreita... À procura de mais vítimas. Ela estava com medo... Precisava de consolo, de carinho... de sexo...

Onde estava Fabrício?

As dobradiças da porta rangeram. Alguém entrava no quarto.

Ela fechou os olhos para fingir que dormia. Não queria mostrar que esperava. Suas amigas diziam que rapazes da cidade não gostavam de mulheres atiradas.

A porta rangeu de novo. Alguém a fechava.

O colchão rebaixou sob a força de um peso. Um peso maior do que ela imaginava o de Fabrício...

Uma mão abarcou sua coxa sob as cobertas. Uma mão com uma pegada forte, pesada... não como ela lembrava a de Fabrício...

(*Não é Fabrício*)

A mão subiu indo da coxa até as ancas, sob a camisola. Solange se retesou. Tentava se mover, mas estava paralisada. Os cabelos da nuca estavam eriçados.

(*Não é Fabrício. É... meu Deus, é...*)

Nas ancas, os dedos da mão misteriosa contornaram a alça lateral da calcinha, delimitada sob a camisola. Então subiu para as omoplatas.

À medida que a mão subia, o cobertor caía de lado, deixando cada vez mais o corpo dela à mostra.

Solange mantinha os olhos fechados. Não tinha coragem de olhar.

Então, a mão segurou Solange pela nuca... Ela se contorceu, tentou gritar, a voz não saiu... ia morrer, mor—

"Solange."

Ela abriu os olhos.

"Getúlio?"

Soergueu-se na cama. O lençol caiu até a cintura, deixando à mostra o decote da camisola.

"O que você tá fazendo aqui? Sai agora antes que—"

"Antes que Fabrício chegue? Ele não vem. Você não sabe? Ele é cheio de regra. Ele não vai fazer aqui. Na casa da mamãe. Pra ele isso é pecado."

Ele tentou agarrar Solange pela cintura. Ela o empurrou com as mãos e os joelhos.

"Sai. Eu sou do Fabrício."

Ele parou as investidas, aprumou-se sobre o colchão e riu.

"Você pensa mesmo que ele liga pra ti? Ele é homem da cidade. Gosta de mulher fina. Você é só brincadeira pra ele."

"E pra você não? Depois daquele dia você nunca mais me procurou."

Ele a abarcou pela cintura com os dois braços, trazendo-a para perto. Ela resistiu, as mãos sobre o peito dele, empurrando-o.

"Que negócio é esse agora, mulher? Tá se sentindo importante porque meu irmão tá contigo? Eu sei o que você quer."

Ele apalpou o seio esquerdo dela sobre a camisola. Pôs-se a beijar seu pescoço. Ela tentava se desvencilhar, empurrando-o, mas ele a sobrepujava, mantendo-a junto pelo braço que arrodeava a cintura dela. Beijou ela na boca. Solange começou a esmurrar o peito dele, mas Getúlio se achegava cada vez mais.

À medida que o beijo prosseguia, ela se aquietava. Aos poucos se deixou dominar. Finalmente, segurou a cabeça de Getúlio pela nuca e retribuiu o beijo, o lábio superior sangrando levemente devido à selvageria de instantes atrás. Ele desceu com o rosto para beijar as reentrâncias dos seios dela. Retirou o que restava de lençol e se debruçou sobre ela no colchão.

No telhado, os pingos engrossavam em um crescendo. Logo, um trovão estrondeava. A chuva começou a cair em torrente.

ഇⓒⱳ

Deitado de bruços, com os livros sobre a cama, a luz de uma lamparina sobre o criado-mudo incidindo diretamente sobre eles, Fabrício lia as páginas que Miguel marcara com clipes de plástico.

110

Aprendeu que alguns índios brasileiros temiam um deus maligno chamado Jurupari. Miguel sublinhara o nome a lápis, puxando dele um traço até a margem da página, onde escrevera:

O Diabo.

Jurupari agia no mundo dos homens por meio de animais místicos que só andavam à noite. Sua ira se manifestava em má caça e pesca. Para acalmá--lo, os índios lhe faziam oferendas: frutas, hortaliças, animais.

Os índios acreditavam que às vezes Jurupari vinha à terra para povoar o mundo com seus animais ou possuir seres humanos. Ele o fazia sempre que o tecido entre o mundo dos deuses e dos homens se desfazia. Quando, diziam os indígenas, "o lobo engolia a lua".

Essa informação estava em um parágrafo inteiro que Miguel sublinhara. Na margem ao lado, em manuscrito:

Eclipse.

₰℞

Pela manhã, a chuva torrencial virara uma garoa.

Na fazenda Riacho Azul, as janelas e portas estavam fechadas. O gado nos currais se encolhia sob os pingos de frio cortante. Já as reses no pasto se protegiam sob as folhas das árvores.

No meio da pastagem, o celeiro em estilo americano: paredes de madeira paliçada, com quatro janelas na fachada e uma porta que se abria verticalmente em duas bandas.

No telhado, uma minitorre de duas janelas, por onde a luz do sol penetrava, incidindo em feixe sobre a parte central do interior da edificação. Não chegava a iluminar a área imediatamente após a porta, onde Isabela estava. Visível nela somente um dos pés, calçado em uma sandália e com o dorso encoberto pela aba do vestido, que lhe chegava ao calcanhar. O mais, só um vulto.

"O vaqueiro era inocente" — disse ela.

Em frente a ela, no centro do feixe de luz, de calça *jeans* e botas, o tronco musculoso desnudo, Piatã.

"Ninguém é inocente nesta terra."

"Ele... não devia ter morrido."

"Não há controle quando a transformação acontece. Você sabe disso."

"Havia controle antes... nas primeiras vezes... Agora é como se fosse... um animal qualquer..."

"Não é um animal qualquer."

Isabela cruzou os braços e olhou para o chão.

"Se continuar assim... quanto tempo... até que outro inocente seja morto? Meu Deus, o que nós fizemos?"

111

XXII

"Não vai, Getúlio."

"Vou sim, Fabrício. Apareceram mais cinco vacas mortas. As outras desgarraram pra Caatinga. Aquele índio fez isso."

Getúlio abriu a porta da caminhonete. Curvou-se para dentro da boleia e ensarilhou a espingarda no banco de passageiros, a soleira no piso e o cano encostado na traseira.

"A gente não sabe disso."

"Só você não sabe, Fabrício. A faculdade não te ensinou a ver o que tá debaixo do teu nariz?"

Lúcia se aproximou e tocou no ombro dele.

"Getúlio, meu filho, não vá. Deixe isso com a polícia."

"O delegado teve a chance dele. Preferiu não fazer nada. Vou fazer aquele índio confessar. Então entrego ele."

"Então, ao menos, leva o Valdemar contigo."

"Ele tá de folga, mãe. Disse que ia na cidade hoje resolver umas coisas."

Ele entrou na caminhonete e bateu a porta. Deu partida, manobrou para a direita e acelerou, passando pelo pórtico e seguindo na estrada.

Ele não tinha ido com a cara daquele índio desde que ele tinha chegado ali, acompanhado daquela vagabunda que comprava terras dos fazendeiros. Quem os dois pensavam que eram? Chegando ali, comprando terra, criando um gado que ninguém mais tinha como criar? Não se faz isso. Não se chega em um lugar assim, sem respeitar o modo como as coisas já são feitas.

Getúlio pisava firme no acelerador, os pneus jogando lama à medida que a caminhonete ganhava velocidade. Quantos peões ele, Getúlio, não tinha ajudado em todos esses anos? E seu pai? E seu avô? Com comida, abrigo, remédio? Sua mãe tinha dado aulas pras crianças dali antes que a primeira escola chegasse. O que seria dos peões ali sem os fazendeiros? Quem tinha o direito de criticar eles, os Machado, por se fiarem nas tradições?

Reduziu a velocidade quando estava a poucos metros dos três currais de engorda da fazenda Riacho Azul. Logo, estacionou a caminhonete junto à cerca. Desceu com a espingarda e passou pelos arames.

Os currais eram anexos um ao outro. Conectavam-se a um corredor, que conduzia a uma edificação coberta com telhas. Getúlio vira em algum programa de TV que nesse tipo de fazenda o gado era levado da edificação até os caminhões de transporte e, então, conduzido para os pontos de abate. O telhado impedia que as vacas vissem o caminhão, que as assustava: de alguma maneira, as reses sabiam que o veículo as levaria para a morte. Sem vê-lo, não se estressavam e a carne continuava macia.

Os currais estavam cheios de vacas. De cor preta e sem chifres; corcova pequena, quase imperceptível; em cada uma das orelhas, uma etiqueta com um número; nos peitos, uma pelanca. Bebiam água dos cochos, movendo-se preguiçosamente.

Andando para a direita, Getúlio se acercou do primeiro curral. Subiu em cima das ripas de madeira e pulou para dentro.

Ao som de suas botas batendo no solo, o gado se agitou. Getúlio parou. Esperou. Quando as reses se aquietaram, caminhou por dentro do curral, curvado, escondendo-se entre as vacas, suas botas esmagando o estrume fresco. Sempre assim, curvado, parando ao menor sinal de agitação dos animais, pulou para o segundo curral e, em seguida, para o terceiro.

No fim do último curral, ainda curvado, achegou-se à cerca e olhou à frente, por onde se estendia a pastagem. O celeiro ficava a cerca de dez metros. Logo depois, a casa-grande. Não havia sinal de movimento. As vacas no pasto se moviam lentamente, uma ou outra mugindo.

Ele subiu na cerca. Ao pular para o outro lado, escorregou no solo molhado e caiu, a espingarda tombando em uma poça d'água. Ergueu-se, pegou a arma e abriu a câmara. Praguejou. A água molhara a pólvora. Estava sem poder de fogo.

Carregou a espingarda consigo enquanto caminhava pela pastagem rumo à casa-grande. Tentava se ocultar entre as vacas, mas elas estavam dispersas e não o escondiam muito.

À medida que caminhava, algo o incomodava. Ninguém deixaria gado valioso como aquele sem proteção. Uma investida de ladrão ou um ataque de raposa e todo o dinheiro investido estaria perdido. Como ele estava quase chegando ao celeiro sem que ninguém aparecesse, sem que ninguém o detivesse, sem avistar sequer um... cachorro?

Ele parou, o celeiro logo à frente. Sabia o que estava errado. Toda fazenda naquela região tinha um cachorro; sempre era possível vê-los quando se passava pela estrada. Ele se lembrava inclusive de já ter visto um ali. Onde estava ele?

A porta do celeiro se entreabriu. Como dava para a estrada, Getúlio não enxergava o interior, de onde saiu, em um pulo, um *pitbull* branco. O cão virou à direita e arremeteu na direção de Getúlio, em ataque.

Getúlio segurou a espingarda pelo cano e aprumou-a, a coronha para cima. Dobrou levemente os joelhos e esperou.

Ao chegar perto, o cachorro pulou em sua direção. Getúlio golpeou o animal na cabeça.

O cão caiu e, de imediato, ergueu-se nas patas e saltou de novo.

Mordeu Getúlio no antebraço esquerdo, rasgando a pele.

Com o braço livre, Getúlio deu coronhadas na barriga do animal, mas o cão manteve a mordida. O antebraço de Getúlio começou a sangrar.

Ele esticou o braço com o qual segurava a espingarda, alcançando a maior distância que podia. Deu uma coronhada na cabeça do animal.

O cão abriu a mordida e caiu de quatro patas no chão, atordoado.

Getúlio correu na direção do celeiro.

Após alguns segundos, o *pitbull* se recuperou e partiu no encalço dele. Logo recuperava a vantagem perdida, chegando perto, perto, cada vez mais perto, o focinho agora a poucos centímetros das pernas de Getúlio.

Antes que o animal o alcançasse, ele entrou no celeiro e fechou a porta atrás de si. O cão ficou do lado de fora, latindo e arranhando a porta.

Getúlio se recostou em uma coluna de madeira. Soltou a espingarda. Dobrou as pernas, apoiando as mãos sobre os joelhos e se deixou escorregar até o solo. Inspirou e liberou o ar. Estava com pouco fôlego, a vista turva. O antebraço doía. Pôs-se a respirar em intervalos curtos.

Logo sentia o fôlego voltar e os batimentos cardíacos se normalizarem. Voltou a enxergar com nitidez.

Ergueu-se e olhou ao redor.

O celeiro lembrava um imenso corredor, cujos dois lados eram delimitados por duas vigas no teto, uma à esquerda, outra à direita, sustentadas por ripas de madeira fincadas no solo. Alguns poucos maquinários agrícolas. A luz do sol entrava por uma minitorre no teto, iluminando a parte central. No mais somente penumbra, em meio à qual, a sua esquerda, Getúlio divisou os contornos de um homem. Sabia quem era antes de ouvi-lo.

"Você está invadindo."

"Você matou meu gado. E soltou o cachorro pra me matar."

"Não matei seu gado. Não *eu*. E soltei o cachorro pra proteger a propriedade. Não é o que vocês fazendeiros tanto defendem? A propriedade?"

"A propriedade conquistada com trabalho duro."

"Trabalho duro? Marcando gado com ferro? Usando queimadas pra criar áreas de plantação? Vocês não trabalham a terra; são parasitas dela."

"E vocês, o que são?"

Piatã deu dois passos à frente, entrando no feixe de luz. Os olhos estavam avermelhados, como se ele não dormisse há dias; o rosto abatido e amarelado; o cabelo desgrenhado.

Ao olhar para baixo, Getúlio viu, a alguns centímetros dos pés do índio, metade na penumbra, metade sob a luz, um gibão. Reconheceu que era de Valdemar por causa do "V" costurado em um dos lados.

Olhou para Piatã. Pela primeira vez desde que chegara, sentiu-se realmente em perigo. Pensou no gado morto, estraçalhado. Talvez fosse melhor ter deixado o assunto com o delegado.

O índio se virou um pouco, seguindo com os olhos a trajetória visual que Getúlio fizera há pouco. Observou o gibão por alguns segundos. Voltou a encarar Getúlio.

"Deveria ter ido embora quando teve chance."

"Cadê o Valdemar?" — perguntou Getúlio.

Piatã sorriu. Curvou o dorso, os punhos cerrados.

Getúlio fez o mesmo.

Estudaram-se por alguns segundos. O medo que Getúlio sentira há pouco fora embora. Ele ia lutar. Não se ganha uma luta com medo. Nem com hesitação.

Getúlio partiu em ataque, curvado, como um touro. Atingiu o abdômen de Piatã com o ombro direito, os braços abertos e a cabeça por baixo da axila do índio.

Piatã não se moveu um centímetro. Getúlio sentiu a própria força se voltando contra si e recuou, caindo sentado. De costas, arrastou-se para longe do índio, usando as mãos para se locomover no solo.

Como ele era forte daquele jeito?

Ergueu-se. Aproximou-se cautelosamente de Piatã, os punhos cerrados em posição de guarda, como um lutador de boxe.

Socou o estômago de Piatã.

O índio continuou impassível, fitando-o.

Getúlio socou o queixo dele.

O golpe fez o índio virar o rosto. Um segundo depois, voltava a fitar Getúlio, sangue escorrendo pelo seu lábio superior.

Getúlio tentou socar o índio de novo. Piatã bloqueou o golpe, segurando o punho de Getúlio. Com a mão livre, socou ele no estômago.

Getúlio caiu de cócoras. Quando tentou se levantar, o índio chutou suas pernas, prostrando-o de bruços.

Getúlio tentou se erguer ainda uma vez. Piatã socou ele na nuca, estirando-o.

Então, Piatã começou a chutar Getúlio. Na cabeça, no tronco, nos ombros, na lateral do estômago. Quando Getúlio tentava fugir, arrastando-se, o índio o trazia de volta, agarrando-o pelas costas da blusa, com a facilidade de quem carregasse um travesseiro. E voltava a chutá-lo.

Depois de dois minutos de espancamento, segurando Getúlio de novo pelas costas da blusa, Piatã, as veias do braço e do pescoço saltando sob a pele, soergueu ele. Jogou-o contra a porta do celeiro. Getúlio bateu com a cabeça e caiu de costas no solo, na penumbra.

Sangue escorria de sua boca e cabeça. O rosto estava vermelho e inchado. Estava atordoado, a vista turva. Via o índio chegando. Sabia que ele o espancaria até a morte. Firmou as mãos no solo para tentar se levantar, uma em cada lado do corpo. As costelas doíam, mas continuou.

As pontas dos dedos da mão direita resvalaram em algo. Esticou a mão e sentiu: um cabo de madeira que terminava em uma lâmina de formato semicircular. Um alfanje.

Cerrou a mão em torno da empunhadura. Soergueu-se, o joelho esquerdo no solo e a perna direita em arco. Para seus olhos machucados, o índio era uma sombra que se aproximava, lentamente, certamente seguro de que Getúlio não ofereceria resistência.

Quando o índio estava a uma braçada de distância, Getúlio se ergueu em um impulso. Em um único movimento diagonal, de cima para baixo, cortou Piatã com o alfanje.

O índio gritou de dor e recuou.

Getúlio se virou, correu e abriu a porta do celeiro.

A claridade cegou ele por um segundo.

Então viu o *pitbull*. O cachorro retrocedera dois passos ao ver a porta sendo aberta. Agora se curvava em posição de ataque.

Saltou sobre Getúlio.

Ele golpeou o animal com o alfanje, em pleno salto. O cão caiu de costas, ganindo.

Getúlio correu na direção da cerca rente à estrada.

Não olhava para trás. Ouviu Piatã gritar um nome — provavelmente o do cachorro —, mas a voz soou longe.

Saltou a cerca atabalhoadamente. Tombou no outro lado, gritando quando o corpo ferido tocou o solo pedregoso.

Levantou-se e correu rumo à caminhonete, à sua direita. Arriscou olhar para o celeiro: em frente à porta, Piatã, acocorado, examinava o cachorro que continuava caído. Ele gritou algo para Getúlio, que não ouviu.

Chegou à caminhonete. Entrou e deu a partida.

Fabrício percebeu que algo dera errado assim que Getúlio abriu a porta da caminhonete. Seu antebraço estava encharcado de sangue, o rosto e o olho direito arroxeados. Os lábios sangravam.

Nem bem ele saíra do veículo, Lúcia correu na direção dele, amparando-o com os braços em torno de sua cintura.

"Meu Deus. O que aquele monstro fez com você?"

"Preciso me sentar."

A mãe levou ele ao alpendre, o braço esquerdo dele sobre os ombros dela. Solange moveu uma cadeira para perto dele.

Getúlio se sentou, gemendo. Solange se ajoelhou e tocou os cabelos dele. A delicadeza do gesto não escapou a Fabrício, que se colocara de frente para o irmão, com a mãe ao lado. Ele não se lembrava de que Solange e Getúlio fossem muito próximos.

"Você tem que ir no médico", disse Solange.

Getúlio afastou a mão dela de sua cabeça.

"Depois. Escutem, o índio..."

"Getúlio" — disse Lúcia — "você tá machuc— "

"Será que alguém pode me escutar? Piatã é quem tá matando os fazendeiros. E matou o Valdemar."

Lúcia colocou as mãos abertas sobre os lábios.

"Meu Deus."

"Getúlio" — disse Fabrício — "se isso é verdade, ele vai querer te matar também. A gente tem que avisar o delegado."

"Sim. Eu vou."

Tentou se levantar. Gemeu. Fabrício impediu-o, segurando-o pelos ombros.

"Getúlio, você está ferido. Não tem como dirigir. Eu vou ao delegado."

"De jeito nenhum. A ponte tá perigosa de passar."

"Eu vou com cuidado."

"Fabrício, você não tá habituado com estrada de terra. Anda mais com essa lama."

"Eu me viro."

"Mãe..."

"Fabrício, Getúlio tá certo. É perigoso."

"É perigoso, mas eu quero fazer."

Quando Lúcia ia falar, Getúlio calou ela com um gesto de mão. Segurou Fabrício pelo antebraço e o trouxe para próximo de si. Tirou a chave da caminhonete do bolso da calça e estendeu ela à frente dele.

"Tome cuidado, por favor."

Fabrício tentava equilibrar a caminhonete. O veículo tendia a derrapar na estrada lamacenta; às vezes, chegava a ladeá-la e ele tinha que girar bruscamente o volante para retornar à trajetória.

Enquanto dirigia, pensava no que ouvira de Getúlio. Por que Piatã mataria os fazendeiros e Valdemar? E o mais importante: onde Isabela entrava nisso? Sabia que ela jamais machucaria alguém. O índio a devia estar coagindo. Com chantagem... ou amor.

Até então os assassinatos pareciam algo irreal para ele. Como histórias que se contam ao redor da fogueira. Agora, porém, o assassino tentara matar seu irmão. Fabrício se sentia compelido a agir, a descobrir o que estava acontecendo.

Por Getúlio.

E por Isabela.

Evitava tirar a atenção da estrada, mas deu uma rápida olhada quando a caminhonete passou em frente à fazenda Riacho Azul. Tudo parecia em ordem por ali. Piatã provavelmente fugira, embrenhando-se nos matos. E Isabela? Ele a teria levado com ela?

Continuou.

Ao chegar à ponte, freou a caminhonete.

A ponte estava quase submersa pelas águas do rio. A vazão era tão forte que a madeira se retesava. Nas margens do riacho, a terra em que estavam fincadas as extremidades da ponte erodia.

O risco era real. Qualquer derrapada mínima e a caminhonete cairia no rio.

Fabrício praguejou. Onde estava com a cabeça quando se oferecera para vir? Devia ter deixado com Getúlio; ele atravessaria a ponte sem pestanejar e ao chegar do outro lado ainda riria da aventura. Getúlio não traçava planos, não levantava obstáculos, não pensava nas consequências: ele simplesmente fazia.

Mas agora era tarde. Estava ali e precisava atravessar.

Deduziu que à velocidade lenta a caminhonete seria empurrada facilmente pelas águas. Precisava acelerar e manter o veículo alinhado.

Engatando a marcha a ré, recuou alguns metros para ganhar espaço. Freou. Pisou de leve sobre o acelerador, o outro pé fundo sobre a embreagem. Alinhou o volante. Respirou fundo. O motor da caminhonete troava, o veículo pronto para disparar.

Então, Fabrício ouviu um barulho de madeira quebrando.

A ponte rachara no meio. A vazão da água ficou ainda mais potente pela fissura. Assim, a abertura se alargou, o que por sua vez aumentou a vazão, alargando ainda mais a rachadura. A ponte se fraturou em duas bandas, separadas por uma fenda por onde nenhum veículo conseguiria passar.

℞℟℞

Na volta, Fabrício dirigia sem prudência. Deixava a caminhonete derrapar. Alinhava o veículo apenas quando ele ameaçava sair da estrada. Tinha que chegar rápido na fazenda. Tinha que avisar a Getúlio que eles estavam isolados, sem acesso à cidade, sem meios de pedir ajuda.

Passava pela Riacho Azul quando algo a sua direita lhe chamou atenção.

Uma mulher se debruçava sobre a cerca de ripa, olhando para a estrada, parecendo que o esperava.

Isabela.

Em um ímpeto, Fabrício freou a caminhonete que deslizou no cascalho antes de parar. Desceu e correu até a cerca. Isabela veio correndo, por dentro da propriedade, até chegar onde ele estava.

Quando ela parou, Fabrício pôde contemplá-la. O rosto dela tinha uma cor roseada, viva. Usava um vestido branco, justo, que lhe realçava a cintura e os seios. Estava mais bonita do que Fabrício se lembrava. E havia nela agora uma sensualidade, uma energia sexual latente que parecia querer transbordar a qualquer momento.

Ela riu e olhou para baixo.

"Para de olhar pra mim assim."

"Desculpe. É que você está... maravilhosa."

Ela endireitou as mechas do cabelo com uma das mãos.

"Obrigada".

Olharam-se. Por um momento, pareceu a Fabrício que não estavam ali, que nada do que ocorrera nos últimos dias realmente acontecera, que sua vida em São Paulo nunca ocorrera, que ele ainda era uma criança, sem vivência o suficiente para se decepcionar e com todas as portas abertas à sua frente.

Isabela o trouxe à realidade quando desfez o sorriso e disse:

"Você tem que ir. Não é seguro aqui."

"Como assim? Por causa do índio?"

Ela segurou as mãos dele entre as suas.

"Escute, você tem que ir."

"E você? Por que continua aqui? Esse índio é um assassino."

"Por favor, fale baixo."

Fabrício olhou ao redor. "Onde está ele?"

"No quarto. Ferido."

"Então está muito longe pra ouvir a gente."

Ela desvencilhou as mãos e recuou um passo. Apoiou as mãos sobre a cerca.

"Fechem as portas hoje à noite. Ele irá atrás de vocês."

Fabrício se achegou à cerca. Passou os braços por cima das ripas e enlaçou Isabela pela cintura, puxando-a para junto de si.

Ela sorriu, as mãos espalmadas sobre o peito dele.

"Você nunca foi audacioso assim."

"Sobe na caminhonete. Vamos embora. Você nunca mais vai precisar ter medo desse índio."

"Acha que é assim simples? Quando eu fiquei viúva, descobri que meu marido tinha amigos, eu não. Piatã cuidou de mim, me deu atenção. E me convenceu a voltar pra cá. Aqui é o único lugar a que pertenço."

Ele a puxou mais ainda para si. Os lábios de ambos ficaram próximos.

"Esquece o passado. A vida dos nossos pais não precisa ser a nossa. Vamos embora. Vamos começar de novo."

Ele a beijou nos lábios. Ela prendeu a respiração, fechou os olhos e relaxou os ombros. Fabrício subiu com uma das mãos pelas costas dela, usando-a para aproximar sua cabeça da dele. Seus lábios estavam colados firmes. A língua de Fabrício começava a explorar o interior da boca dela.

Então, Isabela afastou a cabeça. Desenlaçou-se dos braços dele. Lacrimejava.

"O passado é como uma sombra, Fabrício. Sempre nos acompanha. Não há como se livrar dele."

"A gente pode te proteger. Getúlio e eu."

"Getúlio... Você acha que o conhece, não?"

"Como assim?"

Ela sacudiu a cabeça.

"Se o conhecesse, nunca o deixaria cuidar de uma mulher."

Aproximando-se, acariciou o queixo dele com uma das mãos. Então, virou-se e voltou para a casa.

Na pastagem, uma névoa começava a se formar.

☙❧

Dentro da casa, Isabela foi à sala. Serviu-se de um copo de água da geladeira. Bebeu sofregamente. Deixou o copo vazio sobre a mesa, em cuja borda apoiou as mãos, pensativa.

Sair dali, propusera Fabrício. O quanto ela queria isso... Sair dali com ele. Mas era impossível. Não poderia, enquanto fosse prisioneira dele.

"O que ele queria?"

Ela se virou bruscamente.

121

Piatã estava de pé, à esquerda dela, a dois passos de distância. Vestia uma bermuda. Do ombro ao estômago, via-se, em cicatrização, o corte que Getúlio fizera nele.

"Nada. Só conversar."

"Por que você mente pra proteger ele?"

"Porque ele é inocente. Não merece isso."

"Ele e o irmão devem morrer. Sabem demais."

"Ele não é como o pai... nem como o irmão".

"Eu vi algo nos olhos dele. No primeiro dia em que o vi. Há algo dentro dele. O que vemos ali, seu exterior... Não é o que ele é."

"E o mesmo não pode ser dito de...?"

Ela se calou. Ele se aproximou.

"Nenhum desses fazendeiros" — disse ele — "é inocente. Pela vida que nos obrigaram a levar. Escondidos, criados por pais adotivos. Nós, que poderíamos desmascarar a farsa daquele julgamento."

"Fabrício não teve nada a ver com isso."

"Isso não tem mais nada a ver com tirar a fazenda deles. Tem a ver com acabar com eles. Pra sempre."

Isabela olhou para ele por alguns instantes. Então abaixou a cabeça e chorou, as mãos cobrindo os olhos.

XXIII

"Você devia fazer a barba."

Sentado sobre a cama, Fabrício apalpou o queixo. Estava com uma barba de cinco dias.

Getúlio estava deitado sobre a cama. Uma gaze cobria seu antebraço. A luz do meio da tarde entrava pela janela do quarto, que dava para o curral, onde as vacas entravam chegando da roça.

Lúcia chegou com uma bandeja, sobre a qual havia um bule de café, um açucareiro e uma xícara.

"Você não devia falar, Getúlio. Devia descansar."

"Tô bem, mãe."

Lúcia colocou a bandeja sobre a cama. Começou a encher a xícara de café.

"Eu cuido disso, mãe" — disse Fabrício.

Encheu a xícara, enquanto Lúcia voltava aos afazeres. Entregou-a a Getúlio, que adoçou o café, mexeu e sorveu um gole.

"A gente tem que se preparar, Fabrício. O índio vem essa noite."

"Getúlio, a gente tem que fugir."

"Ir embora pra onde? Não tem estrada depois daqui."

"Se seguirmos por alguma picada, podemos encontrar alguma casa de morador. Podemos dormir lá até o rio secar."

"Você pode andar o dia todo. Não vai encontrar vivalma. E, mesmo que houvesse, um homem não abandona sua terra."

"Nem sua família. Aqui é perigoso pra mamãe."

Getúlio colocou a xícara de café no chão. Soergueu-se sobre o travesseiro.

"Não precisa me dar sermão sobre família. Eu tava aqui quando o pai morreu. Tava aqui quando a mãe ficou doente. Onde você tava?"

"Em São Paulo. Tentando ser mais do que..."

Ele parou. Getúlio esmurrou a cama.

"Mais do que eu sou, não é?"

"Eu quis dizer..."

Getúlio apontou o dedo em riste para Fabrício.

"Você sabe por que eu tive que virar o fazendeiro? Porque o pai escolheu mandar você pro preparatório em Teresina. Porque eu era o que tirava nota baixa, eu era o que arranjava briga na escola."

"E papai ficaria feliz em ver como você cuidou da fazenda, Getúlio."

"É por isso que a gente tem que ficar aqui. Lutar por ela."

Fabrício se ergueu da cama.

"O que é essa terra, afinal? Hectares e mais hectares de terra inculta!"

"Se dependesse de mim, tinha plantação em todo lugar. Só que aqui tem pouca água, muita pedra."

"Essa terra é amaldiçoada, Getúlio. Ela nos destrói, dia a dia, ano a ano. Até que no fim só resta uma carcaça do que éramos."

"É nossa terra, Fabrício."

"Nossa terra é onde escolhemos viver. Você não teve escolha. Eu tive e joguei fora. Agora não vamos colocar a mamãe em perigo pra compensar nossos erros."

Fabrício se calou, os maxilares trincados, o cenho franzido sobre os óculos. Getúlio o encarava, as veias do pescoço saltadas sob a pele, o rosto avermelhado. Nenhum dos dois parecia querer tomar a iniciativa de voltar à discussão.

Então, ouviram um barulho de vidros se quebrando. Logo escutaram Solange gritar:

"Acudam! Dona Lúcia caiu!"

ॐ

Lúcia estava na cozinha depenando uma galinha quando Fabrício e Getúlio começaram a discutir. Não conseguia ouvir tudo, mas, pelos trechos que captava, percebia de que se tratava.

Começou a chorar. O que estava acontecendo com sua família? Ficara feliz quando soubera que Fabrício voltaria: os dois irmãos voltariam a conviver. Ela percebera mais de uma vez a saudade que Getúlio sentia do irmão; como ele prestava atenção quando o nome de Fabrício era mencionado; a alegria dele quando Fabrício ligara dizendo que viria.

E agora estavam brigando. E como poderia ser diferente? Sem o pai ali... Irmãos precisam de um pai, que os mantenha unidos... Como ele fazia falta...

Ela sentiu primeiro uma pontada na cabeça. Não teria dado maior atenção, não fosse outra logo depois. Na terceira, ela cambaleou e derrubou

124

a galinha na pia, quebrando os copos. Então, sentiu as pernas fraquejarem. Agarrou-se nas bordas da pia, mas foi inútil. Caiu, derrubando panelas e copos.

ഇ◯ଔ

Sem acesso ao hospital de Santa Fé, Lúcia teve que ser tratada em casa.

Solange a pôs na cama, com a janela do quarto aberta para o arejamento.

Getúlio medicou a mãe com os remédios prescritos pelo médico para emergências como aquela.

Logo, sob efeito da medicação, Lúcia entrava em sono profundo.

Os cuidados com ela fizeram com que Getúlio e Fabrício esquecessem a discussão de há pouco.

Também fez com que esquecessem o perigo. O incidente com o índio parecia algo distante, como o vestígio de um sonho. Que importava a eles tudo aquilo perante sua mãe doente?

Os dois irmãos passaram o restante da tarde em vigília no quarto, cada um em uma cadeira. Não falavam um com o outro. Às vezes, lacrimejavam.

Nenhum dos dois se preocupou em ligar o motor para produzir energia elétrica.

Nenhum dos dois se lembrou de fechar a porta que dava acesso do terreiro ao corredor.

Lá fora, a noite caiu, acompanhada de uma neblina.

ഇ◯ଔ

Fabrício sonhava que era pai de uma garota. Ensinava ela a ir de uma ponta a outra de um imenso penhasco agarrada em uma corda.

De pé à beira do penhasco, a menina estava com medo. No planalto em frente, o precipício entre eles, Fabrício a encorajava:

"Vamos, filha, vamos. Papai toma conta de você."

A menina sorria.

"Promete que cuida de mim?"

"Prometo."

Ela pega na corda e, sem hesitar, dá um impulso e se projeta sobre o penhasco.

Ela flutua graciosamente. Fabrício a incentiva à medida que ela cruza o vazio.

"Isso, querida, vem."

Ela aterrissa na beira do penhasco e solta a corda. Ri. Fabrício ri com ela.

Então, um borbotão sopra. Ela escorrega. O corpo cai para trás.

Fabrício corre até ela. Tarde demais. Debruçado à ribanceira, ele a vê cair. Escuta seus gritos cada vez mais baixos à medida que ela cai mais e mais fundo.

125

Ele grita. Um grito agudo, sonante. Que logo se transforma em um uivo. Um uivo que vem de fora, do terreiro, eriçando os cabelos de sua nuca, acordando-o de supetão sobre a cadeira.

Getúlio está de pé. A mãe ainda dorme na cama. Toda a casa está no escuro.

"O que é isso?" — perguntou Getúlio.

"Tem alguma coisa lá fora" — disse Fabrício.

"É ele!" Solange entrou no quarto esbaforida. "É o monstro que matou vovô. Ele vai matar a gente, vai matar a gen— "

Getúlio a agarrou pelos ombros e a sacudiu.

"Fica calma. Fica aqui e cuida da mamãe. Vem comigo, Fabrício."

Ela balbuciou algo que nem Fabrício nem Getúlio ouviram. Já corriam pela porta em direção à sala.

Embaixo da mesa de jantar, Mandíbula latia para algo lá fora.

Um novo uivo se fez ouvir, vindo do terreiro.

Getúlio abriu as duas janelas que davam para o quintalejo anexo à casa. O luar penetrou, iluminando a sala. A névoa que se formava desde o meio da tarde se espessara e entrou na sala, preenchendo-a aos poucos.

Ouviram passos. Lentos, pesados. A criatura entrava no corredor.

Getúlio procurou a espingarda pendurada na parede. Praguejou quando viu o armador vazio.

"Deixei a espingarda no celeiro do índio."

"Meu Deus" — disse Fabrício. "O que fazemos?"

Getúlio abriu o primeiro gavetim do armarinho localizado rente à parede, perto da mesa de jantar. Tirou dali duas facas-peixeiras. Ficou com uma e entregou a outra para Fabrício.

"Fica atrás de mim" — disse, dando dois passos à frente na direção da porta.

A faca tremia nas mãos de Fabrício. Ele sentia as pernas fraquejantes. Aquele uivo... O que estava ali fora não era deste mundo...

Getúlio segurava a faca com firmeza, como se fosse carnear um boi. Fabrício não via sinal de fraqueza em suas pernas. Pudera: sabia que Getúlio não era especulativo. Não lhe interessava o que estava lá fora; só lhe interessava acabar com ele.

Os passos da criatura, cada vez mais próximos, ecoavam no corredor. Mandíbula continuava a latir, embaixo da mesa, em posição de ataque.

As mãos da criatura apareceram na porta, aberta em duas metades, que ligava o corredor à sala. Uma em cada lado, enclavinhadas sobre a superfície. Pareciam humanas, mas com garras em vez de unhas. Deslizaram suavemente, as garras arranhando a madeira à medida que a criatura adentrava a sala, movendo-

-se lenta, quase calculadamente, a névoa circundando-a. Um dos pés apareceu sobre a soleira da porta. Tinha três dedos, de onde se projetavam garras.

O coração de Fabrício acelerou. As pernas bambolearam e ele teve que se firmar nos pés para não cair. Viu que até Getúlio agora tinha medo: sua mão tremia levemente segurando a faca. Isso assustava Fabrício quase tanto quanto a criatura. O que seria deles se Getúlio se atemorizasse?

Agora a criatura estava inteiramente dentro da sala. A névoa preenchia toda a sala, fluidamente, translúcida ao luar, umas vezes acobertando parcialmente a criatura, outras a descortinando.

Parecia um lobo, mas se sustentava ereto sobre as patas traseiras. Tinha um focinho com narinas úmidas. Rilhava as presas com os lábios contraídos, deixando à mostra um par de caninos salientes por onde escorria saliva. As orelhas eram pontiagudas, eretas. Pelos cobriam todo o seu corpo — abundantes no tronco, nos braços, nas pernas e na cabeça; ralos nas palmas das mãos e dos pés.

Getúlio e Fabrício se entreolharam. Naquele momento, ambos se arrependeram. Da briga de agora há pouco. De todas as brigas do passado. De toda uma vida de competição um com o outro.

Então, voltando-se para a criatura, Getúlio deu um passo à frente, esgrimindo a faça em diagonal, de cima para baixo, de baixo para cima, a poucos centímetros da criatura.

Fabrício se emparelhou com ele pela direita.

A criatura parara. Observava a movimentação dos dois, os olhos vermelhos visíveis em meio à névoa.

Quando Getúlio, ainda esgrimindo a faca, avançou meio passo, a criatura o agarrou pelo antebraço com a mão direita.

Fabrício se adiantou e enfiou a faca na lateral esquerda da criatura. Ela grunhiu e o agarrou pelo pescoço com a mão esquerda. A força da pegada foi tão grande que os óculos de Fabrício caíram no chão, quebrando-se.

A criatura suspendeu Fabrício no ar. Os dedos esmagavam seu pescoço... O ar começou a lhe faltar... Tentava chutar a criatura com os pés, mas só atingia o vazio... A vista ficava turva... Segurou as mãos da criatura, tentando apartar os dedos que o esmagavam... Não conseguiu... Os chutes se tornavam mais fracos à medida que perdia a consciência.... Ouviu Getúlio gritar como se estivesse longe...

"Fabrício!"

Com a mão livre, Getúlio esmurrou o olho direito da criatura. Não a machucou, mas a irritou o suficiente para que ela largasse Fabrício e, mantendo o antebraço de Getúlio preso, segurasse-o pela cabeça com a mão solta, abarcando-a do topo do crânio até o queixo. Fabrício caiu no chão, tossindo.

Ainda com a faca de Fabrício presa em seu corpo, a criatura empurrou Getúlio para baixo, colocando-o de joelhos. Então, começou a apertar sua cabeça.

Getúlio largou a faca que ainda segurava na mão direita, o antebraço totalmente controlado pela criatura. Usava a mão livre para tentar se livrar, mas era inútil. O rosto se enrijeceu e avermelhou. Os dentes rilhavam. Os maxilares se contraíam, estalando.

Então, um vulto pulou sobre a criatura. Uma das mãos se afrouxou na cabeça de Getúlio. A outra largou seu antebraço, esbranquiçado pela pressão.

Getúlio caiu de lado, grogue.

A criatura lutava com Mandíbula, que lhe mordia a jugular. O sangue borbotava em jato, enquanto a criatura segurava o cachorro e o empurrava, tentando se livrar. Mandíbula, porém, mantinha a mordida firme, mesmo com a criatura o suspendendo no ar com as mãos.

Ao lado da criatura, Fabrício se recuperou e ficou de pé.

Getúlio se ergueu também. Pegou a faca no chão.

"Agora, Fabrício!"

Getúlio avançou rumo à criatura, cujo pescoço e dorso estavam encharcados pelo próprio sangue. Cravou a lâmina no coração dela. A criatura urrou, soltando Mandíbula, as mãos agora soltas, desorientadas. Na lateral, Fabrício arrancou a própria faca fincada na criatura e a enfiou de novo. Getúlio, por sua vez, retirou e enfiou a faca, novamente no coração. Fabrício fez o mesmo. Ambos fizeram assim, repetindo o golpe várias vezes, em ritmo frenético, sujando-se com o sangue da criatura que urrava de dor a cada facada.

Finalmente, a criatura caiu de joelhos, o cachorro ainda preso a sua jugular. Em um último urro, caiu de lado, sem movimentos.

Mandíbula soltou a jugular. Encharcado de sangue, recuou e ficou a observar a criatura morta.

Solange chegava do quarto, amparando Lúcia em seu braço. Gritou quando viu a criatura.

"Ele tá morto" — disse Getúlio.

Ele olhou para Fabrício. Os dois estavam cansados, abatidos.

"A gente conseguiu, Fabrício. A gente consegu—"

Algo passou por cima deles, estatelando-se contra a parede com um som de ossos se quebrando. Em seguida, caiu no chão sem movimentos.

Solange gritou. No chão, o cadáver de Mandíbula.

Fabrício e Getúlio se viraram ao mesmo tempo na direção da criatura, que acabara de se levantar. Uma de suas mãos trespassou o pulmão esquerdo de Getúlio. Sangue a acompanhou quando, ao sair pelas costas dele, trouxe-lhe o coração entre os dedos.

Os olhos de Getúlio se esbugalharam. Sua boca se contorceu em um esgar. O sangue escorreu em profusão pelo pulmão, encharcando o chão.

A criatura retrocedeu com a mão, liberando o cadáver de Getúlio, que caiu de joelhos e, em seguida, para o lado.

Lúcia gritou. Desvencilhou-se de Solange e correu, curvando-se sobre o corpo do filho.

A criatura arremessou o coração de Getúlio contra a parede. Começou a se aproximar lentamente de Fabrício que começou a recuar, um, dois, três passos, até esbarrar na parede. Encurralado.

Fabrício viu a mãe debruçada sobre o corpo de Getúlio. Perto dela, Solange, de pé, sem reação. À medida que a criatura se aproximava dele, criava um espaço entre as duas e a porta. Uma rota de fuga.

Sem tirar os olhos da criatura, cada vez mais próxima, gritou:

"Solange, tira a mãe daqui."

Solange se refez. Segurou Lúcia pelos ombros.

"Vamos, vamos."

Saíram correndo da sala. Atravessaram o corredor.

No terreiro, Solange apontou para o açude.

"Pra lá."

Correram. Passaram pela cancela. Já acessavam o paredão quando Lúcia parou.

"As formigas" — disse ela. "Tenho que matar as formigas."

"Formigas? Do que a senhora tá falando? Tem um monstro ali dentro e—"

"Getúlio vem amanhã. E eu prometi a ele que mataria as formigas."

"Getúlio? Getúlio tá..." Solange parou de falar. Acabara de perceber o que acontecia. "Lúcia, escuta. Tudo vai ficar bem, ok? Agora a gente tem que—

Antes que Solange pudesse impedi-la, Lúcia correu na direção dos formigueiros.

"As formigas, tenho que matar as formigas."

Solange correu atrás dela, já antecipando o que estava prestes a ocorrer.

"Não, Lúcia. Não."

"As formigas, as formigas."

Lúcia alcançou os formigueiros. Continuou a correr. Solange parou, temerosa de segui-la pela terra mole.

"Não, dona Lúcia. Não."

Lúcia estava agora no meio dos formigueiros. Corria.

"As formigas, as formigas!"

A terra cedeu sob seus pés.

Quase imediatamente, as formigas começaram a mordê-la. Nas costas, no rosto, nos seios, na virilha. Ela gritava. Fechou os olhos, com medo de que elas os mordessem. Tentou escalar. Era difícil, a terra se revolvia como se fosse areia de praia. Ela escalava, escalava, mas mal saía do lugar. De repente, a terra sob seus pés ficou ainda mais mole. Acima, abaixo e dos lados dela, a terra parecia se desmanchar. Ela passou a afundar quanto mais se movimentava. Como se mãos a puxassem ainda mais para a escuridão. Sentia comichões pelo corpo inteiro, em reação ao veneno. Já havia sido mordida em tantas partes que não reconhecia onde estava a dor. A terra entrava pelos seus ouvidos, pela sua boca, não conseguia mais respirar, sufocava.

Quando morreu, as formigas já a haviam abandonado, soterradas elas próprias pela terra movediça.

⚭

Fabrício se recostava na parede.

A sua frente, a criatura.

À medida que ela avançava em meio à névoa, ele via os poucos ferimentos que ainda restavam nela cicatrizarem. O último foi o da jugular, que se refez completamente, estancando o sangue.

Em desespero, Fabrício apalpava o que podia alcançar. A mão direita alcançou um jogo de talheres sobre o armarinho, dentro de uma caixa própria. Ele sentiu uma faca de cozinha.

Sua mente racional sabia que aquela faca de nada adiantaria. Mas com a criatura dando o passo final, a boca já aberta, caninos à mostra para o ataque, Fabrício estava preso ao mais básico de todos os instintos: o da sobrevivência.

Esfaqueou o estômago da criatura.

Para sua surpresa, ela urrou. Um urro maior do que qualquer um que dera até então. Uma espécie de vapor saiu do ferimento, como se a criatura tivesse sido queimada.

Ele não entendeu. Nem quis entender. Esfaqueou o estômago dela de novo, e de novo, e de novo. A cada ferimento, novo urro de dor e nova queimadura. Até a criatura dar as costas e sair em fuga pelo corredor.

Fabrício largou a faca ensanguentada. Deixou-se escorregar pela parede até o chão. Tinha a garganta seca. Sentia-se fisicamente esgotado. Sua consciência se esvaía. Mal percebeu quando Solange entrou correndo na sala e se debruçou sobre ele.

Ela teve que encostar o ouvido nos lábios dele para ouvir o que ele sussurrava:

"Prata."

130

XXIV

Fabrício acordou às duas da tarde. O choque de adrenalina da véspera o deixara esgotado.

Enterrou o corpo de Getúlio perto do açude. Sobre a cova fincou uma cruz formada por dois gravetos amarrados entre si com um barbante. Fez uma cova menor, para Mandíbula, ao lado. O cadáver da mãe estava inacessível. Era impossível escavar sem despertar a fúria das saúvas. Assim, limitou-se a fincar uma cruz no início do formigueiro.

Terminou os enterros por volta de cinco horas. Então, sentou-se no solo, às margens do açude, os olhos vermelhos pelas lágrimas que derramara ao longo da tarde. Na mão esquerda, o isqueiro dourado que pertencera ao pai e a Getúlio.

A névoa da véspera se dissolvera pela manhã. O sol aparecera, forte, endurecendo o barro nas margens do açude. Perto de Fabrício, um preá saía da toca para a superfície a correr, parando de vez em vez para roer os troncos dos arbustos. Lagartixas e calangos se estiravam sobre as pedras. Téu-téus revoavam ao redor da água. A natureza parecia recuperar seu equilíbrio, voltar a ser o que sempre fora.

E ele?, perguntava-se Fabrício. Por que resistira tanto a aceitar quem era? Aquele era seu lugar. Sempre fora. Não era um rapaz da cidade; não, um rapaz da cidade teria sucumbido à criatura; enquanto ele, Fabrício, a vencera. Sim, ele não era o fraco que sempre pensara ser; ele se *tornara* fraco após anos agredindo sua natureza, tentando se encaixar em um mundo ao qual não pertencia, ao qual jamais pertenceria. Agora entendia o porquê da angústia, da depressão, da melancolia que por vezes o assaltava na metrópole.

Ele, Fabrício, era o único integrante vivo da família Machado. A ele cabia zelar pela terra, pelo legado dos seus. Assumiria a fazenda. Não a venderia para nenhum empresário; lutaria contra qualquer tentativa de desapropriação. Devia isso — ao irmão, à mãe, ao avô. Ao pai.

Ergueu-se, um punhado de barro seco na mão direita cerrada. Guardou o isqueiro dourado no bolso da calça *jeans*. Virou a palma da mão para baixo e, abrindo-a pouco a pouco, deixou o barro cair sobre a terra.

"Vou tomar conta da nossa terra, pai. Prometo."

ℬↃ✿

No quarto, deitada sobre a cama, Solange começara a sorrir para Fabrício, mas parou.

Ele estava diferente. A barba crescera ainda mais de ontem para hoje. As roupas estavam sujas de lama e terra. Sua postura, normalmente um pouco curvada, estava ereta, o que ressaltava seus ombros, mais largos do que ela se lembrava. E os olhos... pela primeira vez ela os via, de fato, já que ele perdera os óculos... Eles a encaravam como se ela fosse um animal a ser devorado. Ela se assustou e, ao mesmo tempo, a contragosto, excitou-se.

"Você trepou com o Getúlio, não foi?"

A rudeza da linguagem a chocou.

"Como?"

"Você trepou com ele."

"Eu? Não, eu n—

Ele se precipitou sobre a cama. Segurando Solange pelos ombros, ergueu-a, pondo-a de cócoras sobre o colchão. Puxou o rosto dela para junto do seu.

"Não mente para mim. Você deu pra ele ou não?" Ele apertava os ombros dela, que sentia dor, ao mesmo tempo em que começava a se molhar entre as pernas.

"Sim! Eu fiz, fiz!"

Ele a largou. Fitou-a por alguns segundos. Então, abarcou a cintura dela com os dois braços, puxando-a para si com violência. Ela esmurrou o peito dele, seguidamente, tentando se safar. Ele prendeu os pulsos dela com a mão esquerda e os elevou, mantendo-os presos acima da cabeça dela. Com o braço direito ainda ao redor de sua cintura, deitou ela sobre o colchão, cobrindo as pernas dela, fechadas, com as dele, abertas. Sem os punhos para se defender, as pernas dele bloqueando as suas, ela nada pôde fazer enquanto ele, soerguendo-se, subiu a blusa dela até o pescoço. Ela estava sem sutiã, os seios à mostra. Ele desceu sobre ela e começou a chupar um dos mamilos.

Ela resistia. Sacudia o corpo, tentava libertar os punhos e as pernas. A resistência, porém, foi diminuindo à medida que ele descia com os lábios

132

pela barriga até o umbigo e, retrocedendo um pouco na cama de modo a ter mais espaço sem libertar os punhos e as pernas dela, baixava os *shorts* dela até os joelhos. Quando ele se colocou ao lado dela, mantendo os pulsos presos, mas aliviando a pressão sobre as pernas de modo a retirar totalmente os *shorts* e depois a calcinha, ela não o chutou nem o repeliu. Quando ele largou os pulsos e, abrindo as pernas dela, desceu com os lábios até a vagina, ela se estatelou sobre a cama, olhos fechados, as mãos sobre a cabeça dele. Logo começava a gemer, alisando os cabelos dele e pedindo para que ele não parasse.

ℰᴆℭℛ

"Ele tem que morrer, Isabela."

Sentada sobre a cama, Isabela sacudiu a cabeça.

"Fabrício não merece isso."

"Ele viu demais" — disse Piatã, de pé sobre o umbral da porta. Ele tinha as mãos sujas de graxa e segurava um galão de gasolina. Acabara de fazer a manutenção da caminhonete, estacionada no pátio. Atrás dele, pendurada em uma parede na sala, uma espingarda. "Pode nos denunciar."

"Quem vai acreditar? Nem eu acreditaria."

Piatã sacudiu a cabeça.

"O risco é muito grande. Vamos cuidar dele. Depois, quando o rio baixar, fugir. A caminhonete já está pronta."

Ela cruzou os braços e baixou a cabeça.

"Está fora de controle. Cada noite fica maior. Mais selvagem. Isso não era pra ser assim. Nós só íamos comprar as terras deles. Destruir seu meio de vida, seu poder... humilhar eles... Não íamos matar ninguém."

Piatã se aproximou e, pegando gentilmente no queixo dela, ergueu sua cabeça.

"Sim, mas aconteceu algo que nem eu nem você podíamos prever."

Ela lacrimejou.

"Fabrício... ele é diferente. Não pertence a esse mundo que destruiu nossas vidas."

"Tem certeza?"

Ela pareceu que ia falar, mas se calou. Piatã saiu da porta. Antes de ir para o pátio, deixou bruscamente o galão de gasolina na sala.

ℰᴆℭℛ

"Prata?"

Fabrício girou a chave na porta do armazém no quintalejo.

"Sim. A faca que usei ontem é de prata. E esse seu colar também é, não?" Como Solange confirmasse com a cabeça: "Por isso a criatura não te

133

machucou na outra noite. Deve ter mordido seu colar e fugiu. A prata queima ela, como um ferro quando marca um boi."

"Mas então a criatura é um lobis—"

"Vem."

Ele empurrou a porta, que se abriu rangendo.

Entraram.

Armazém às escuras. Teias de aranha por todo o lugar. Um odor de mofo pelo ar. A luz que entrou pela porta espantou um bando de ratos, que correram para debaixo de um contentor.

"O que se guarda aqui?" — perguntou Solange.

"Velharia que não serve mais. Vem."

Seguiram por um corredor, ao lado de dois contentores, as teias de aranha se prendendo nos cabelos deles.

O corredor se abria em uma área, que tinha como um dos limites os dois contentores e o acesso ao corredor; os outros limites, delimitados por paredes. Fabrício se aproximou de uma caixa metálica, de cerca de um metro de altura por três de largura, encostada à parede em frente. Enfiando a cabeça e o dorso dentro dela, começou a remexer o que estivesse ali dentro, à procura de algo.

Depois de alguns segundos, saiu de dentro da caixa, teias de aranha no rosto e nos ombros. Segurava um sabre de mão em cujo cabo estavam incrustados os adornos utilizados pela Guarda Imperial brasileira. O sabre que Getúlio ganhara do pai quando os irmãos eram crianças.

"O que é isso?" — perguntou Solange.

"É a arma de prata para matar a criatura."

XXV

A noite já caíra quando Fabrício estacionou a caminhonete em frente ao pórtico da fazenda Riacho Azul. O eclipse começara há poucos minutos, mas já cobria um terço da lua com uma cor vermelho-escura. Ele e Solange desceram. Fabrício carregava o sabre; Solange, um machado de mão.

"Não sabia que um eclipse era rápido assim" — disse Solange.

"Não é."

Passaram pelo pórtico e caminharam lentamente pelo atalho cercado. Olhavam para os lados a todo instante.

Chegaram ao pátio. A casa-grande e o celeiro estavam às escuras. Não havia nenhum sinal de movimento.

Chegaram à frente do alpendre da casa-grande. Pararam.

"Não tem ninguém aqui", disse Solange.

"Não. Eles estão aqui."

De súbito a porta principal se abriu. O vulto de Isabela apareceu no alpendre.

"Você não devia ter vindo. Ele vai matar vocês." Fabrício percebeu que ela fitava Solange. "Ele vai matar os dois."

"Ele que tente", disse Fabrício. "Onde está ele?"

"Aqui."

Piatã aparecera ao lado deles, à esquerda, como se estivesse lá o tempo inteiro. Mantinha-se ereto, impassível. Fabrício se aproximou dele, pisando firme, as botas ressoando sobre a terra seca. Parou a dois passos de distância do índio.

"Você matou minha mãe. Matou meu irmão."

"Eu? Não. Não *eu*."

“Sua criatura.”

“Vai nos prender? Nos levar a julgamento? Ninguém vai acreditar em você.”

“Minha lei não é mais a da cidade. Minha lei agora é a do sertão.”

Fabrício se curvou, o sabre erguido à frente. Piatã ergueu os punhos. Fitaram-se em silêncio. O vento começou a soprar, arrastando pelo solo as folhas do terreiro. Um gavião crocitou dentro da mata. Uma mariposa negra revoou entre os dois, subindo em seguida.

Fabrício avançou em direção a Piatã. Tentou golpear ele com o sabre. O índio agarrou o pulso dele com a mão esquerda e o torceu. Fabrício gritou de dor e largou a arma. Com a mão livre, Piatã socou ele no rosto. Fabrício caiu.

Solange veio em auxílio, brandindo o machado em movimentos diagonais. Piatã se desviou, recuando um passo. Então, em um movimento único, acocorou-se, agarrou Solange pelos tornozelos e, puxando os pés dela para si, derrubou-a. Ela largou o machado. Piatã chutou a arma para longe.

Fabrício já se levantara e pegara o sabre. Antes que Piatã pudesse perceber, cortou o ombro esquerdo dele com um golpe de cima para baixo.

O índio gritou. Virou-se para Fabrício, que já dava outro golpe.

Piatã bloqueou o golpe agarrando o antebraço de Fabrício. Acertou um murro no estômago dele. Fabrício caiu, o sabre indo ao solo.

Piatã largou o antebraço dele. Riu.

“Quanto tempo acha que aguenta?”

Fabrício resfolegava. Erguendo a cabeça, olhou para Piatã.

“A noite toda, se for preciso.”

“Só que você não tem a noite toda.” E o índio olhou para o céu. O eclipse já cobria dois terços da lua. Voltou a fitar Fabrício. “Em alguns minutos, sua luta não será mais comigo.”

“Onde está... Onde está a criatura?”

“Já está aqui... Não consegue ver?”

“Você... Você é a criatura.”

“Ninguém mais é a criatura, rapaz. Ela agora tem sua própria vontade. O hospedeiro humano não tem mais nenhum controle sobre ela.”

Fabrício pegou o sabre e se ergueu. Solange o ladeou, segurando o machado. O índio curvou o dorso, as mãos espalmadas e aprumadas em posição de guarda.

Por alguns instantes, os três se estudaram. No alpendre, Isabela assistia a tudo, imóvel.

Fabrício se adiantou um, dois, três passos, tentando golpear Piatã com o sabre. A cada investida o índio se desviava, recuando um, dois, três passos.

No quarto golpe, agarrou o punho de Fabrício e, com a outra mão, socou-o nos maxilares. Fabrício recuou dois passos, sem equilíbrio.

Em seguida, Piatã bloqueou um ataque lateral de Solange, afastando o braço armado dela com um empurrão. Deu uma cotovelada frontal no queixo dela. Solange caiu, desorientada.

Fabrício recuperava o equilíbrio quando Piatã socou seu estômago. Ele caiu de joelhos, as mãos sobre o solo. O índio começou a chutá-lo na barriga, uma, duas, três vezes, até Fabrício se prostrar de bruços, sem forças.

Piatã se escanchou sobre as costas de Fabrício. Segurando-o pela mandíbula, ergueu a cabeça dele. Começou a virar o crânio dele para a direita.

No alpendre, Isabela abaixou a cabeça.

"Fabrício", sussurrou.

Mesmo desorientado, Fabrício sabia o que acontecia. O índio tentava quebrar seu pescoço. Tinha que reagir.

Forçou a cabeça para a esquerda. Piatã aumentou a força para a direita.

Fabrício não conseguia mover a cabeça, mas fazia força o suficiente para que o índio também não conseguisse.

Ficaram nisso por alguns segundos, até que Piatã começou a sobrepujar Fabrício. Empurrava cada vez mais a cabeça dele para a direita. Fabrício rilhava os dentes, mas sua força se esvaíra. Sua cabeça chegava a um giro de quase 180 graus, o queixo dele quase na altura do ombro, não ia conseguir, não ia...

Não. Não podia morrer. Não quando finalmente tinha descoberto seu lugar no mundo.

Apoiando-se sobre as duas mãos, Fabrício impulsionou o corpo para cima. O movimento brusco abriu um pequeno espaço entre suas costas e o quadril de Piatã. Fabrício se virou, ficando de barriga para cima. Quando o índio retomou sua posição, Fabrício agarrou o braço dele e, empinando o quadril, derrubou-o no solo. Sem o braço para se equilibrar, o índio se estatelou.

Fabrício se ergueu, cambaleante. Pegou no solo o sabre.

Mal Piatã se levantou, Fabrício enfiou o sabre no pulmão esquerdo dele. A lâmina trespassou o dorso do índio.

No alpendre, Isabela gritou.

O rosto de Piatã se distorceu em uma careta. As pernas começaram a bambolear. Os olhos perderam o viço. Ele caiu de joelhos, as mãos segurando debilmente os braços de Fabrício, que a tudo assistia, sem reação, o sangue do moribundo manchando sua blusa e a calça *jeans*.

Então, em um único movimento, Fabrício retirou o sabre. O cadáver de Piatã caiu sobre a terra suja de sangue.

Isabela desceu para o terreiro e correu na direção do cadáver. Ajoelhou--se sobre ele. Começou a chorar.

"Isabela", disse Fabrício, "por que você chora? Você está livre".

"Livre?" A voz dela estava embargada. Fabrício não via seu rosto. "Sem a pessoa que mais me amou depois de minha mãe? Sem meu irmão?"

"Seu... *irmão?*"

Ela virou o rosto na direção de Fabrício.

Solange gritou.

Os olhos de Isabela brilhavam. Vermelhos.

Ela se ergueu.

"Ninguém se preocupou em saber se a mulher estuprada tinha filhos", disse. "Afinal, era apenas uma índia vagabunda, não é isso?"

Ela deu um passo à frente. Curvou o dorso, gemendo e apalpando a barriga. Então se aprumou.

"Acha que foi fácil pra nós? Criados pelos amigos de papai... Acobertados, fingindo ser quem não éramos... Afinal, nós tínhamos visto tudo, escondidos dentro da casa... Éramos testemunhas..."

Ela gemeu e se curvou de novo, apalpando a barriga. Desta vez, demorou mais para se aprumar. Lágrimas começaram a escorrer de seus olhos.

"Piatã não aguentou. Fugiu de casa cedo. Até que nos reencontramos em São Paulo."

"Isabela", disse Fabrício. "Como? Como você...?"

"Naquele dia. Na clareira. Alguma coisa entrou em mim. Alguma coisa ruim, que ficou inerte, esperando... até alguns dias atrás."

Ela gemeu e caiu, apoiando-se sobre as mãos e os joelhos. Fitou Fabrício.

"Me mate."

Solange pensou a princípio que fosse uma alucinação, ou efeito do luar. Mas não, ela via: pelos cresciam no rosto de Isabela. Como isso era possível?

Fabrício olhou para o céu. O eclipse estava a poucos segundos de cobrir completamente a lua de vermelho-sangue.

"Mata ela!" — disse Solange. "Antes que se transforme!"

Fabrício avançou um passo. A sua frente, à altura de seus joelhos, Isabela ainda o olhava, suplicante.

Por que ele não a matava de uma vez? — pensava Solange. O rosto dela já estava coberto de pelos, e agora eles cresciam nos braços e nas pernas dela. Ele tinha que matar ela. Agora.

Segurando o cabo do sabre com as duas mãos, Fabrício ergueu a arma acima da cabeça, a ponta voltada para baixo. O sangue de Piatã escorria da lâmina, caindo sobre Isabela e dela sobre a terra.

Solange via que os pelos agora cresciam nas costas de Isabela, descobertas no vestido branco. As orelhas se afunilavam, tornando-se pontiagudas. O nariz se esticava. O tronco crescia na vertical, forçando o vestido, que começou a rasgar. Solange não queria que aquilo se completasse.

"Anda!" — gritou.

Fabrício permanecia parado, o sabre erguido.

Isabela gemeu. Abaixou o rosto. Respirava com dificuldade.

Por que Fabrício não fazia nada? — perguntava-se Solange. Ele não via que excertos de pele começavam a cair do corpo dela à medida que outra pele tomava o lugar? Que os braços e as pernas dela engrossavam enquanto o quadril afinava? Que o nariz dela continuava a se esticar, assumindo aos poucos a forma de um... focinho?

"Anda!"

Fabrício abaixou o sabre. Tirou uma das mãos da empunhadura. Voltou a segurar a arma à altura da cintura. Virou-se para Solange.

"Eu... não consigo."

"Então, eu faço."

Solange correu na direção de Isabela, o machado empunhado.

Quando chegou perto, Isabela acertou nela um safanão com o braço esquerdo. Solange voou cerca de dois metros e aterrissou no solo, grogue, o machado perdido em algum lugar.

"Fabrício" — disse Isabela, fitando-o, "está dentro de mim. Me controlando. E dessa vez está mais forte."

"Isabela, você tem que lutar contra isso."

Fabrício ficou inerte enquanto o nariz dela terminava sua transformação em um focinho; os seios se recolhiam para dentro do dorso; os dedos dos pés e das mãos, agora meros tocos arroxeados, caíam, substituídos por garras vindas de dentro da pele. O eclipse acabara de cobrir a lua por completo quando uma respiração forte e regular da criatura e uma firmeza maior nas patas anunciaram o fim da transformação.

A criatura da noite anterior era um lobo com traços humanos. Mas o que Fabrício via ali, agora, a sua frente, era um lobo mesmo, um animal de quatro patas — com a diferença de que era maior do qualquer outro.

Fabrício sabia que não havia mais nada de Isabela ali, naquele lobo que olhava para ele como que o estudando, cabeça baixa, focinho projetado para frente, narinas se dilatando e se contraindo, úmidas. Rosnava.

Fabrício recuou alguns passos.

Solange se ergueu, recolheu o machado e se emparelhou com ele. A arma tremia na mão dela.

O lobo avançou em ataque.

Fabrício se curvou de joelhos, o sabre na mão direita. Quando o lobo estava próximo o suficiente, moveu-se para a direita, erguendo-se então para cravar a lâmina no lombo da criatura.

O sabre penetrou fundo, mas não houve queimadura. O animal grunhiu sem parecer que sentira dor. Com o sabre ainda cravado no corpo, avançou sobre Fabrício, mordendo-o no ombro esquerdo. Fabrício gritou.

Solange golpeou o animal nas costas com o machado — uma, duas, três vezes. Ele continuou a morder Fabrício, que caiu de cócoras devido ao peso que o lobo fazia sobre seu ombro.

"Corre pra dentro da casa" — ele gritou para Solange.

"E você?"

"Corre!"

Ela correu. Passou pelo alpendre e entrou na casa-grande. Fechou e aferrolhou a porta atrás de si.

O lobo repuxou, rasgando a blusa de Fabrício e deixando parte do ombro dele em carne viva.

Fabrício caiu de costas, soerguido. O animal estava a centímetros dele. As narinas dilatadas pareciam farejar o sangue que escorria do ombro dele. Os olhos vermelhos o fitavam. Os caninos impregnados de sangue pareciam ávidos por sua carne.

O lobo avançou, abrindo os maxilares.

Fabrício fechou os olhos. Pensou em sua mãe, em Getúlio, em seu pai. Pensou em como falhara com eles, em como não estivera presente quando precisaram dele... Pensou em Isabela...

Então, ouviu um estampido. Sangue se esparramou sobre seu rosto.

Abriu os olhos. A sua frente, o lobo recuava, a face desfigurada.

Olhou para trás. Na janela da casa-grande, Solange empunhava uma espingarda, cujo cano ainda fumegava.

"Corre!" — ela gritou.

Fabrício se ergueu e correu para a casa. De relance, viu a face do lobo se regenerando.

Quando fechou a porta atrás de si, o animal já se recuperara totalmente e corria rumo à porta.

O lobo começou a arremeter contra a porta, a cabeça se chocando em baques secos contra a madeira maciça, que se retesava.

"Ele vai entrar" — disse Fabrício, em pé, a poucos metros da porta. Solange, ao lado dele, largara a espingarda no chão e tateava as paredes. Encontrou o interruptor de luz, perto da porta. Acionou-o. A sala se iluminou.

"Por que a prata não funcionou?"

"É o eclipse" — disse Fabrício. "Ela está mais forte."

"O que fazemos?"

Fabrício ficou calado por alguns instantes. Então, viu uma caixa de fósforos sobre uma mesa de refeições. Perto dela, encostada à parede, o galão de gasolina que Piatã deixara.

"Já sei."

Avançando, ele pegou o galão e a caixa de fósforos.

"Gasolina?"

"Sim" — disse Fabrício. "Não tem como o corpo dele se regenerar se estiver continuamente em fogo." Entregou os fósforos a ela. "Eu molho e você queima."

Fabrício se posicionou em frente à porta. Destampou o galão, jogando a tampa no chão. Solange ficou à esquerda dele, mais perto da parede. À direita dela, uma janela fechada, de madeira fina.

O lobo continuava batendo na porta. As dobradiças se deslocavam um pouco a cada baque.

BAM, BAM, BAM.

Fabrício esperava, o galão seguro pela alça.

BAM, BAM, BAM.

Solange tirara um fósforo e o segurava rente à caixa, as mãos tremendo.

BAM, BAM, BAM.

As dobradiças da porta começaram a ceder.

BAM, BAM, BAM.

O suor escorria das axilas de Fabrício até os braços e deles até o galão.

BAM, BAM, BAM.

A madeira maciça começou a rachar.

BAM, BAM, BAM.

Fabrício, a blusa encharcada de suor nas costas, ergueu o galão até a cintura, segurando-o pela base com a mão esquerda e pela alça com a direita.

Então, a madeira rachou de alto a baixo. Os parafusos das dobradiças escapuliram. A porta se abriu com um estrondo, deixando penetrar o frio noturno. Fabrício jogou a gasolina sobre o...

Vazio.

O combustível se espalhou pelo chão.

"Cadê ele?" — perguntou Solange.

Fabrício largou o galão e avançou cautelosamente até a soleira da porta. Colocou a cabeça para fora. Olhou à esquerda e à direita. Então olhou para Solange:

"Foi embor-"

A janela à direita de Solange arrebentou. O lobo apareceu por entre a madeira destroçada, caiu com as patas no chão e, em um salto, abocanhou sua jugular, espremendo o corpo dela contra a parede.

Fabrício gritou por Solange, mas já era tarde.

Firmando-se sobre as patas traseiras, o lobo arrancou em um repuxão a carne do pescoço. O sangue jorrou pela jugular dilacerada.

Então, a criatura se virou para Fabrício, caindo sobre as quatro patas.

O cadáver de Solange escorregou pela parede, o olhar perdido. Ao chegar ao chão, banhado em sangue, os olhos haviam se fechado, as mãos espalmadas para cima. A cabeça pendeu para o lado esquerdo.

Fabrício recuou de costas lentamente. O lobo avançou no mesmo ritmo.

Ao pisarem sobre gasolina, as patas do animal se encharcaram do líquido inflamável.

Ao passar pela porta, Fabrício tropeçou na soleira e caiu de costas no alpendre. Ao cair, as pernas curvadas, notou um volume em seu bolso esquerdo. Apalpou. Retirou algo de lá.

O lobo avançou em ataque.

Fabrício acendeu o isqueiro dourado que pertencera a Getúlio e jogou-o em uma das patas dianteiras do lobo, embebida de gasolina.

Em um relance, o animal se incendiou. Recuou um, dois passos, e nisso as patas dianteiras entraram em contato com as traseiras, que também se inflamaram.

O lobo parou de recuar e, urrando, arremeteu contra Fabrício. Ele ergueu as mãos à frente, os olhos fechados, à espera do ataque fatal.

Quando o lobo já chegara perto o suficiente para que Fabrício sentisse o calor, o fogo se alastrou pelo restante do corpo do animal.

O lobo recuou. Começou a se sacudir, pulando a esmo por dentro da casa, espalhando o fogo entre os móveis, a madeira, os vidros.

Fabrício se ergueu e correu. Passou pelo pórtico.

Quando estava na estrada, perto da caminhonete, virou-se. Contemplou a casa. As chamas se alastravam rápido. Pelas janelas e portas saía fumaça escura, espessa.

Fabrício se curvou, apoiando as mãos sobre os joelhos. Finalmente acabara. Ele se ergueu e inspirou fundo.

Começava a se virar rumo à caminhonete quando ouviu um barulho na casa.

De dentro, irrompeu a criatura. Envolta em chamas, mas ainda se movimentando com rapidez. Avançou contra Fabrício em um último, desesperado ataque.

Enquanto a criatura se aproximava, Fabrício curvou o dorso e ergueu os punhos. Ele estava cansado de fugir. Fugir da fazenda, fugir de São Paulo, fugir das suas ambições. Aprendera nesses últimos dias a lutar, a lutar pelo que queria e faria isso agora, sim, *mesmo que morresse*, *mesmo que morresse* sob a criatura, que corria em sua direção, cada vez mais próxima, os olhos vermelhos visíveis em meio às chamas, as patas flamejantes pisando a terra, enquanto Fabrício a esperava, frio, impassível — esses pensamentos ocorrendo no tempo de segundos que a criatura precisou para chegar a três passos dele e então...

Cair. Enfraquecida pelo fogo.

O impulso a arrastou pelo solo até chegar aos pés de Fabrício, os cascalhos aquecidos pelo calor resvalando nos calcanhares dele.

O lobo começou a se contorcer, em convulsões, envolto em chamas.

Fabrício, suado, manchado de terra e sangue, deixou-se ficar ali.

Viu a criatura ser consumida pouco a pouco pelas chamas. Um fedor de carne queimada exalava pelo ar.

À medida que consumiam o cadáver, as labaredas diminuíam de tamanho, extinguindo-se. No solo ao redor da criatura, o cascalho chamuscara e tinha agora uma cor escura.

Quando a última chama se apagou, não havia nada mais do que um amontoado de carne queimada.

Fabrício começou a lacrimejar. Isabela, a única pessoa que o entendera, que o incentivara a ir para São Paulo, que ficara do seu lado quando ele rompera com o pai; Isabela, a companheira de conversas infindáveis, no barzinho da faculdade, sobre Literatura, Artes Plásticas, Cinema; Isabela, com quem chegara a fazer planos de morar juntos e constituir família; Isabela, o amor de sua vida, estava morta.

Que restava a ele? Que restava a ele... senão a fazenda?

Você sonha muito, Fabrício. Vai terminar aqui, como todo mundo.

Com os olhos molhados pelas lágrimas, começou a andar na direção da caminhonete. Atrás dele, o fogo dominara todo o interior da casa e agora se alastrava para o telhado. No céu, o eclipse começava a se desfazer.

Ele acabara de abrir a porta do veículo quando ouviu algo, distante. Parou. Aguçou a audição. Ouviu de novo. O canto de um galo. Ainda faltavam algumas horas até a madrugada, mas Fabrício sabia o que aquele canto fora de hora queria dizer: as noites de terror haviam chegado ao fim.

FIM